LABYRINTHES

Depuis toujours l'écriture accompagne au quotidien Anne-Laure Morata, jeune conseillère en ressources humaines de la région parisienne. Férue d'histoire et de littérature, elle a été lauréate d'un concours de nouvelles historiques et publie, après *L'héritier des pagans*, la suite des aventures de François de Rohan Montauban dans la collection Labyrinthes.

Du même auteur

L'héritier des pagans, Éditions du Masque, 2009.

ANNE-LAURE MORATA

Le jeu de dupes

ÉDITIONS DU MASQUE
17, rue Jacob 75006 Paris

ISBN : 978-2-7024-3502-1

www.lemasque.com

1

Auvergne, Mont Menat, fin janvier 1651

Reprendre son souffle, étouffer les hurlements de terreur qui montent dans sa gorge, ne pas esquisser le moindre geste… La jeune femme, dissimulée derrière une tapisserie, tente de rester parfaitement immobile et de maîtriser le rythme tumultueux de sa respiration. Dos contre la muraille glacée du château, elle lutte contre la panique qui l'assaille dans un ultime effort de volonté pour garder une chance de survivre. Tous les sens en alerte, elle éprouve cette frayeur absolue que ressent la bête traquée avant sa mise à mort : son poursuivant est à quelques pas d'elle seulement. L'homme vient tout juste de la dépasser sans remarquer sa présence. Soudain il s'arrête, elle tremble, il fait lentement demi-tour, humant l'air à la recherche des effluves du parfum qui ont trahi celle qui le porte. Elle l'entend rire, ses genoux ploient sans qu'elle puisse les contrôler, et elle subit en s'affaissant la morsure des pierres qui griffent sa chair avant qu'il ne l'extirpe de sa cachette avec brutalité. Il l'oblige à croiser son regard glacial où l'on ne lit aucune trace d'humanité, provoquant chez sa victime un effroi tellement intense qu'elle n'arrive plus à inspirer. Sa dernière pensée consciente avant de s'évanouir s'envole vers François en un appel de détresse absolue.

Loin du drame qui se joue, ce dernier cavale dans la campagne, prenant un plaisir infini à faire corps avec son pur-sang, heureux de le sentir réagir à chacune de ses impulsions. La neige commence à recouvrir la nature environnante, transformant les alentours en paysage diamanté au calme ouaté. Parvenu en haut d'une colline, juché sur son alezan dont la robe éclatante détonne dans ce nouvel univers immaculé, le chevalier de Rohan Montauban contemple son domaine.

Chaque jour, en fin d'après-midi, s'adonnant seul à ce précieux rituel, François aime galoper vers ce promontoire à l'abri des regards, éloigné de toute habitation, qui lui permet d'observer ses terres plusieurs lieues à la ronde. Songeur, il devine au loin l'ombre de Mont Menat. Depuis un an il occupe les soixante-dix pièces de l'altière demeure qui tout en gardant des aspects fortifiés moyenâgeux séduit immanquablement ses visiteurs avec son pavillon porche suspendu au-dessus des douves, mis en valeur par deux autres bâtiments plus récents, ainsi qu'une orangerie à l'architecture audacieuse. Il n'a point échappé à la règle et s'y sent dorénavant chez lui.

La population, habituée à la morgue de son prédécesseur et au désintérêt dont il faisait preuve concernant leurs difficultés, avait accueilli avec joie ce jeune châtelain soucieux de la bonne marche du fief et du bien-être de ses habitants. Évidemment il y avait eu certains ragots : ne disait-on pas qu'il avait hérité de la propriété en tuant son oncle en duel ? [1]

---

1. Voir *L'héritier des pagans*.

Les mauvaises langues s'étaient tues lorsque tous avaient pu constater, du simple domestique aux membres de la bonne société invitée au château, que le couple des Rohan Montauban n'aspirait qu'à vivre en paix et à partager son bonheur. Nolwenn, son épouse, avait rallié tous les suffrages en se comportant sans détours ni artifice, en hôtesse chaleureuse, manifestant une réelle bienveillance envers autrui, donnant de son temps et de son argent pour aider les nécessiteux, allant jusqu'à ouvrir un dispensaire aux portes du village.

Le manoir, autrefois simple résidence d'été permettant d'échapper à la chaleur étouffante de la capitale, était de nouveau occupé à l'année. François et Nolwenn en avaient préalablement longuement discuté : il souhaitait mener une vie calme loin des désordres parisiens et des complots de cour, ce qu'elle comprenait. Confiant la gestion de leur hôtel parisien à sa sœur Louise, mariée à Arnaud de Saldagne son meilleur ami, François jouissait désormais d'une existence de gentilhomme fermier et l'appréciait à sa juste valeur.

Seule la mer manquait à l'ancien petit paysan breton redevenu par les caprices du destin celui qu'il était de par sa naissance : l'héritier d'une haute lignée. Proscrit à jamais de sa terre natale du pays Léon, il garderait éternellement dans son cœur le souvenir de la beauté sauvage des côtes du territoire pagan, la sensation des embruns sur son visage et l'odeur des brises marines. Nolwenn partageait cette douce nostalgie de la Bretagne de leur enfance, néanmoins tous deux étaient pleinement conscients qu'à l'avenir leur destin se construirait à Mont Menat.

En cette fin d'après-midi d'hiver, François semblait insensible à l'air glacé qui l'enveloppait, soucieux, sachant qu'il devait dès aujourd'hui prendre une décision qui chagrinerait sa bien-aimée. Une lettre d'Arnaud était arrivée quelques semaines auparavant, racontant les nouveaux remous de la Fronde depuis le transfert en novembre des princes rebelles au Havre, arrêtés par Mazarin l'année précédente. L'agitation parisienne, inquiétante, grondait chaque jour davantage, et la populace déversait quotidiennement sa haine à l'encontre du cardinal rendant insupportable la pression exercée sur la régente pour voir libérer le Grand Condé et les siens.

C'était moins la situation décrite par son compagnon d'armes que le messager porteur de la missive qui était l'objet de ses préoccupations. Violette de Goyon était une cousine éloignée de Nolwenn, croisée à la cour lors d'un passage à Paris, qu'ils avaient eu la surprise de trouver un beau matin aux portes de leur château, la demoiselle ayant saisi l'occasion de se charger d'un courrier d'Arnaud pour s'inviter chez eux. Au début, François s'était réjoui de la présence de la ravissante jeune femme qui avait su rendre les fêtes de Noël inoubliables avec sa joie de vivre, sa capacité à raconter des anecdotes croustillantes et sa sophistication peu commune dans cette humble contrée retirée d'Auvergne. Toutefois plus Violette ravissait Nolwenn, l'entraînant dans des fous rires d'adolescente et une insouciance qu'elle n'avait pu goûter jusqu'alors, plus François, en observant la belle cousine, ressentait un malaise indéfinissable face à ses manières effrontées.

Ce matin la friponne avait dévoilé son jeu, lui faisant des avances qui l'avaient désarçonné, heureusement interrompues par l'irruption opportune de Gervais, leur valet le plus dévoué. Être dans l'obligation d'annoncer à Nolwenn que Violette, dont elle s'était complètement entichée, devait les quitter n'allait pas être facile d'autant que l'hiver rigoureux et pluvieux paraîtrait interminable en l'absence de leur distrayante visiteuse.

Le soleil commençait à s'amenuiser à l'horizon et l'alezan, mordu par le froid, s'ébroua. François caressa son encolure, il était temps de rentrer. Éperonnant sa monture, le cavalier partit au galop, traversant les sous-bois avant de déboucher dans les champs neigeux jouxtant le bourg. Plusieurs maisons recroquevillées autour de l'église laissaient échapper leur fumée pour réchauffer les villageois réfugiés à l'intérieur avec leurs bêtes, auprès de l'âtre, s'efforçant de supporter avec résignation la dureté des conditions climatiques. Dépassant les logis de pierre, François prit la route du château.

Se jouant des plaques de verglas, il maintint son rythme jusqu'à parvenir aux abords de l'exploitation de son métayer. Là, il ralentit l'allure, ne souhaitant pas fatiguer son cheval plus que de raison et constata avec étonnement que son fermier général était dehors malgré les intempéries, appuyé contre la porte de sa grange. François le salua d'un petit geste et allait le dépasser lorsque, subitement, il intima l'ordre à son animal de stopper net.

— Qu'est-ce que…, émit-il, interloqué, avant de comprendre ce qui avait provoqué sa réaction.

Le métayer avait décidément une drôle de posture. François sautant à terre le rejoignit en quelques enjambées. Les paroles qu'il allait prononcer moururent sur ses lèvres. L'homme aux yeux emplis de terreur qui le fixait avait la couleur grisâtre de ceux passés de vie à trépas : il ne tenait debout qu'à l'aide de crochets de boucher qu'on avait enfoncés dans ses membres, le clouant littéralement à la porte, lui conférant cet aspect de pantin désarticulé qui avait alerté son maître.

François mit de longues secondes à réagir, figé par l'effroi qui le saisit à la vue d'une telle abomination. Instinctivement il ferma les paupières du cadavre d'un revers de la main en murmurant en breton la prière des morts à l'Ankou puis, d'un pas lourd, il se dirigea vers la métairie. À l'intérieur, tout était sens dessus dessous et, au fond, près d'un banc, la femme du supplicié gisait dans une mare de sang, une large entaille empourprant sa gorge. Luttant contre la nausée qui l'envahissait, François se précipita à l'extérieur pour respirer de grandes goulées d'air frais.

Ce n'est qu'à ce moment-là qu'il remarqua les traces de sabots dans la neige remontant vers la demeure seigneuriale. Avec une énergie décuplée par le danger, inquiet du sort réservé aux siens, François s'élança sur l'alezan et le mena à un train d'enfer jusqu'aux portes de Mont Menat. Apercevant le pont-levis il se força à ralentir et s'immobilisa, tous les sens en éveil.

On aurait dit le château ensorcelé : les bruits habituels avaient disparu, remplacés par un silence pesant, de mauvais augure. Les douves franchies, pieds à terre, François donna une tape sur la croupe de son animal qui regagna seul sa stalle dans les écuries. Arme au poing, il traversa la cour centrale :

les lieux semblaient déserts. Le gentilhomme se précipita dans les escaliers menant aux appartements de son épouse. Sur le palier, devant la chambre des jeunes mariés, la dépouille d'une frêle soubrette barrait l'accès. Il repoussa avec douceur le corps menu et à peine pubère de l'infortunée servante, sentant sa chair se hérisser puis se recouvrir d'une fine sueur glacée au spectacle de ses traits innocents figés par la strangulation. François se força à avancer, redoutant le pire.

La porte s'ouvrit, révélant dans une pénombre que nulle bougie n'atténuait un chaos de meubles brisés mêlés au damas des tentures arrachées avec, au centre, sur le lit, couché à plat ventre, un corps sans vie. François déglutit avec peine et se sentit proche de perdre la raison en pensant découvrir la belle chevelure brune qu'il adorait libérer des coiffures qui l'enserraient. Il se précipita pour retourner la morte avec délicatesse, repoussant les mèches qui masquaient sa figure. Il eut un long soupir en réalisant qu'il ne s'agissait pas du visage de l'être aimé mais de celui de Violette. Une fraction de seconde, la ressemblance entre les cousines lui avait fait s'imaginer tenir dans ses bras sa tendre moitié. Honteux de ressentir un intense soulagement, il constata avec horreur des traces de torture sur le buste de la malheureuse. François la replaça sur le lit, tentant de l'envelopper au mieux avec des draps avant de continuer ses recherches.

Chaque battant poussé suscitait la crainte d'être confronté à de nouvelles atrocités. Le silence devint intolérable. Il se mit à parcourir les différentes pièces du château au pas de charge tout en appelant Nolwenn à pleins poumons. Des gémissements lui parvinrent de la bibliothèque : c'était Perceval, le lévrier de Gervais, qui avait reçu une décharge de plomb dans le flanc et dont la blessure, bien que superficielle, le faisait horriblement souffrir. Reconnaissant François, il se précipita pour se blottir contre ses jambes en tremblant.

— Aide-moi, Perceval, cherche avec moi, où sont-ils ? Où est ton maître ?

Le fidèle compagnon émit de petits jappements plaintifs et se mit à flairer de tous côtés avant de descendre péniblement au rez-de-chaussée, en direction de l'office. François le suivit, priant de ne pas avoir à trouver d'autres victimes.

Les cuisines semblaient avoir été épargnées : dans l'âtre, des poulets embrochés noircissaient lentement et les navets épluchés qui devaient les accompagner étaient éparpillés sur un plan de travail. Perceval se précipita sur la porte du cellier et se mit à la griffer avec frénésie. Plein d'appréhension, François ouvrit les lourds panneaux de bois. Ses yeux mirent de longues secondes à s'habituer à l'obscurité d'où émergeaient plusieurs silhouettes recroquevillées. Le jeune homme sentit un énorme poids lui libérer la poitrine en constatant que ses domestiques, ligotés et bâillonnés, respiraient encore. Rapidement il les délivra et s'assura qu'ils ne souffraient que de simples ecchymoses. Marotte, la chambrière de Nolwenn, fut la première à recouvrer ses esprits.

— Ils étaient une quinzaine… des monstres… Ils criaient après Madame…

La servante éclata alors en sanglots, transformant la suite de ses propos en vagues borborygmes.

— Où est votre maîtresse, l'ont-ils emmenée ? gronda François en la saisissant aux épaules pour qu'elle se reprenne.

— Ils l'ont traînée dehors… Gervais a tenté de les en empêcher. On a entendu des cris… Puis plus rien, plus rien, répéta-t-elle le regard vide, les mains crispées sur son tablier.

François comprit que ses domestiques, en état de choc, ne seraient pas d'une grande utilité et il repartit en sens inverse, traversant en hâte les corridors, pour émerger dans la cour pavée puis franchir en trombe le pont-levis. Les traces au sol prouvaient le passage d'une bande de cavaliers qui avait longé les douves pour se diriger vers le nord. Retournant rapidement aux écuries où se reposait son alezan, il sella le pur-sang de Nolwenn, décidé à pourchasser les assaillants et à délivrer sa femme lorsqu'ils feraient une halte.

François partit au galop, malheureusement la neige tombait de plus en plus dru et son espoir de rattraper les agresseurs disparaissait au fur et à mesure de son avancée et de l'effacement progressif de leur piste. Arrivé au croisement menant à la grand-route il s'arrêta, indécis. Ce fut ce qui sauva Gervais. Le malheureux tentait désespérément de s'extraire du profond fossé où on l'avait laissé pour mort.

— Monsieur, par ici…

Son maître se précipita pour l'aider. Le valet n'était que légèrement blessé mais à bout de forces.

— Sais-tu par où sont partis ces brigands et ce qu'ils ont fait de mon épouse ?

— J'ai essayé de sauver Madame ; hélas, ils étaient trop nombreux. Alors j'ai voulu les suivre, seulement ils m'ont repéré et m'ont tiré dessus. Mon pauvre cheval est mort et, vu notre chute, ils ont cru que je m'étais également rompu les os.

— Est-elle blessée ?

— Je ne crois pas. Elle résistait en les traitant d'assassins... On ne les rejoindra plus, ils sont partis depuis trop longtemps. Je suis désolé, je n'ai rien pu faire...

Gervais, accablé, baissait la tête.

— Ne te reproche rien. Tu as tenté tout ce qui était possible, voulut le rassurer François, touché par le désarroi de son serviteur.

Il connaissait mieux que quiconque la dévotion totale du domestique envers Nolwenn, elle qui lui rappelait tant sa défunte maîtresse, la regrettée Sylvaine.

— Ce qui prime c'est que Nolwenn soit en vie. À part une rançon je ne vois pas ce que ces charognes peuvent vouloir. Tu les avais déjà croisés ?

Gervais secoua la tête à regret.

— Non, Monsieur, mais c'est bien après Madame qu'ils en avaient. Ce n'était pas de simples soudards comme on en rencontre trop souvent. Ils étaient en mission commandée. Leur chef s'est réjoui à haute voix de la récompense qu'ils allaient toucher. Dans la cour du château, quand il traînait Madame, je l'ai clairement entendu dire qu'on l'attendait à Paris et que Madame devrait rendre des comptes. Comme elle résistait, il s'est énervé et a laissé échapper un « foi de Crochu tu vas te calmer, maudite femelle », sauf votre respect, Monsieur. Je suis certain d'avoir entendu ce nom-là.

François, abasourdi par ces propos, tentait d'en comprendre la signification. Un gémissement du valet le tira de sa torpeur. Continuer la poursuite seul, à la nuit tombée, en abandonnant Gervais en sang sous la neige était impossible, aussi résista-t-il à l'élan suicidaire qui l'incitait à continuer sa traque, repoussant l'angoisse insoutenable qui l'étreignait à l'idée de perdre celle qu'il aimait, et il aida son domestique à se mettre en selle. Maintenant le blessé contre lui, François se força à se concentrer sur un plan d'action tandis que Gervais se mordait la langue pour ne pas crier. C'est dans le silence irréel de la campagne enneigée que le duo regagna Mont Menat.

2

Paris, début février 1651

Ninon de Lenclos rentrait chez elle après avoir rendu visite à Paul Scarron, infiniment attristée par le spectacle du calvaire enduré par l'écrivain aux membres paralysés. Le poète, lorsqu'il était au plus mal, la faisait régulièrement quérir par son laquais, assuré de toujours pouvoir trouver auprès d'elle une écoute compatissante. Il s'était montré très inquiet à la lecture d'une gazette annonçant le départ de son amie outre-mer. Il avait fallu plus d'une heure pour calmer les doléances du malheureux qui s'imaginait déjà abandonné. Comme souvent, seules les notes claires du luth que sa protégée maniait en virtuose lui avaient permis de trouver un peu de repos, éphémère répit avant la reprise de son supplice. Condamné à l'immobilité, il luttait contre une étrange maladie qui touchait progressivement tous ses muscles et dont même l'opium ne parvenait plus désormais à juguler les élancements. Perclus de douleur, Scarron craignait plus que tout la solitude et se faisait beaucoup de souci concernant le sort réservé à son égérie qui, par son indépendance d'esprit et ses mœurs, s'attirait parfois les foudres des conservateurs. Ninon connaissait les dangers de ne pas céder aux exigences de conformisme de la haute société traditionnelle. Toutefois elle se refusait à s'exiler comme l'y poussaient certains proches vers des îles lointaines pour échapper à leur contrôle, sachant que, parisienne au fond de l'âme, elle ne pourrait s'éloigner durablement de la capitale, conviction renforcée par un refus viscéral de faire ce plaisir aux dames bien nées du Marais.

La trentaine passée, on ne pouvait pas prétendre que la demoiselle soit vraiment jolie, cependant son teint d'albâtre rehaussé par une belle chevelure châtain et de grands yeux sombres pétillant d'intelligence en séduisaient plus d'un. Pensive, confortablement calée sur le siège recouvert de tissu coûteux de la chaise à porteurs qu'un admirateur venait tout juste de lui offrir et dont elle usait pour les courts trajets, elle cherchait la personne qui, dans ses relations, pourrait dénicher un joli minois à marier au célèbre homme de plume pour le sauver de son chemin de croix. Décidément l'affaire paraissait fort délicate vu le handicap affectant l'auteur du *Roman comique* qu'aggravait un caractère irascible et anxieux. Une orpheline sans titre ni fortune et pas trop regardante, voilà ce qu'il fallait ! Elle cessa de tapoter la portière de ses ongles nacrés : on verrait cela plus tard [1].

Elle n'arrivait pas réellement à se concentrer depuis « l'incident » survenu durant le trajet du retour qui, il faut l'avouer, l'avait passablement contrariée. Après avoir calmé les alarmes et remonté le moral du poète invalide, elle souhaitait

1. Ce sera la jeune Françoise d'Aubigné, future Madame de Maintenon.

aller se balader Cours-la-Reine pour de plus joyeux échanges, projet mis à mal par une bande d'énergumènes qui avaient fixé aux grilles de la célèbre promenade une caricature du cardinal Mazarin en vue d'un concours de crachats. Bloquant le passage, ces vauriens avaient obligé son véhicule à faire demi-tour.

C'est un monde tout de même, maugréait la jeune femme, déçue de n'avoir pu inviter le fringant officier qu'elle avait repéré la veille à venir souper chez elle. Ninon était agacée mais surtout inquiète. La colère du peuple envers le ministre favori d'Anne d'Autriche semblait ne plus connaître de limite et, partout dans Paris, son effigie était ridiculisée à la plus grande joie des badauds.

L'arrestation du Grand Condé, de son frère, Armand de Bourbon Conti, et de son beau-frère, le duc de Longueville, effectuée en plein Palais-Royal un an plus tôt, suivie de leur incarcération à Vincennes, n'avait guère ému la populace. Le souvenir du blocus mené par le prince, chargé par la reine de réprimer la révolte des habitants de la capitale, les avait prédisposés à peu de sympathie. Le Parisien ne s'intéressait pas vraiment à la guerre civile allumée par les épouses des prisonniers en Normandie, Bourgogne et Guyenne dont le vicomte de Turenne avait pris la tête. Les troupes royales avaient de toute façon, on le savait, maté la révolte. Les choses avaient basculé avec le transfert des captifs à Marcoussis, transformant le prince séquestré en victime innocente aux yeux d'une opinion publique volage, à la recherche de grain à moudre pour alimenter sa haine. Poussée au soulèvement par les agitateurs du clan Condé alliés aux ennemis du premier conseiller de la reine, la « vox populi » se montra prompte à ériger le captif en symbole des persécutions commises par l'étranger à la robe pourpre qu'on vouait aux gémonies.

Comme tout le monde, Ninon avait été émue par le poème de Madeleine de Scudéry qui bruissait dans tout Paris, célébrant le glorieux détenu vainqueur de Rocroi devenu martyr, réduit à planter des fleurs pour s'occuper :

En voyant ces œillets, qu'un illustre guerrier
Arrosa de sa main qui gagnait des batailles,
Souviens-toi qu'Apollon a bâti des murailles
Et ne t'étonne plus de voir Mars jardinier.

Ninon avait connu les caresses du fier militaire et lui avait laissé une place dans son cœur. Elle avait compris la colère du peuple lors de son transfert au Havre ordonné par le cardinal en novembre. Les Mazarinades, pamphlets virulents s'il en est, se déversaient depuis lors hors de tout contrôle. Le prélat, ce coquin de Sicilien qui pillait les caisses du royaume en suçant le sang des Français, séduisant la reine, étrangère malgré son titre, pour mieux commettre ses rapines, incarnait la cause de tous leurs maux.

Ninon avait entrevu Mazarin à la cour quelques jours auparavant et il semblait bien mal en point, souffrant de nouveau d'une sempiternelle crise de goutte. La fine mouche avait senti la peur derrière le masque de l'habile homme d'État. Gaston d'Orléans, oncle du roi, s'était aussi détourné du ministre, s'alliant au parlement pour demander la libération des princes. Le cardinal n'avait plus que des ennemis et craignait le retour des barricades parisiennes. La reine, quant à elle, redoutait de perdre son plus fidèle soutien pour lequel elle éprouvait un vif attachement.

La courtisane ne s'abaisse pas comme tant d'autres à se réjouir des malheurs de la régente. Pourtant cette dévote ibérique, très à cheval sur les principes, représente une véritable menace pour elle. La jeune femme, de basse extraction, s'est fait sa place dans la haute société à l'aide de ses charmes qu'agrémente un esprit brillant, assumant son indépendance et sa liberté sexuelle tout en refusant le poids des croyances religieuses. Sa philosophie épicurienne et son côté flamboyant ne séduisent guère une Anne d'Autriche plutôt encline par son éducation et ses convictions à l'envoyer au couvent pour expier ses fautes.

Au contraire, Ninon éprouve de la pitié et une réelle compassion pour cette suzeraine n'arrivant plus à dissimuler l'affolement qui l'envahit devant ce ralliement des frondeurs qui risque de la priver d'un mentor tendrement chéri.

Dans sa chaise à porteurs, la galante demoiselle décide de ne plus y penser. Allons, demain est un autre jour et elle aura certainement l'occasion de recroiser le beau mousquetaire entraperçu Cours-la-Reine. Ce soir, elle dînera seule et en profitera pour classer sa correspondance. La courtisane soulève les rideaux en velours de sa cabine : est-on encore loin de son hôtel particulier du Faubourg Saint-Germain ? Justement on en franchit les larges grilles destinées à protéger l'élégante façade érigée par Mansart. Prestement, Ninon descend de son siège et monte les marches conduisant au rez-de-chaussée de son logis tout en donnant congé aux solides gaillards qui la transportaient. Passant le seuil de l'entrée à pas pressés sans un regard pour les statues de Vénus et d'Apollon qu'elle a pourtant fait installer à grands frais, elle informe sa soubrette et son valet, étonnés, qu'elle n'aura pas besoin de leurs services ce soir-là et demande qu'on prévienne la cuisinière qu'elle se contentera d'une légère collation en chambre. Elle s'apprête à emprunter l'escalier principal qui mène aux appartements supérieurs lorsque son domestique ose l'interpeller :

— Madame, c'est que le marquis de la Treyère vous attend. J'ai cru bien faire en l'installant dans le petit salon. Et puis, continua-t-il malgré l'air pincé de sa maîtresse, le serviteur de Mademoiselle de Goyon voudrait également vous parler, il fait le pied de grue à l'office depuis des heures.

— Tant pis, renvoyez-le, dites-lui que je le verrai demain. Quant au marquis, je m'en charge... Montez donc le service à porto dont il est si friand.

Vraiment cette journée ne sera pas la mienne ! se dit Ninon, appréciant peu qu'on force la porte de son domicile sans y avoir été préalablement invité. À sa décharge, de la Treyère venait tout juste d'entrer en faveur et, apparemment, il n'avait pas encore saisi les règles du jeu. Pour son hôtesse, le monde masculin se divise en trois classes distinctes : les payeurs qui assurent ses rentes et à qui elle sait à merveille donner satisfaction, les martyrs qui en seront immanquablement pour leurs frais malgré leur générosité et les favoris qu'elle choisit elle-même d'introduire dans son lit et auxquels elle n'accorde le plus souvent que trois fugaces mois d'extase avant de passer au suivant tout en les conservant pour amis. Cette organisation mûrement réfléchie constitue la clé de son succès.

L'infortuné Treyère est au nombre des martyrs. Elle espère rapidement s'en débarrasser avec cependant toute la gentillesse et les manières agréables qui la caractérisent. Franchissant le seuil de son boudoir elle l'apostrophe gaiement :

— Quel embarras, mon ami, vous me voyez confuse, aurais-je oublié un de nos rendez-vous ?

— En aucun cas, Madame, d'ailleurs je vous demande mille pardons de m'imposer ainsi mais j'ai reçu de mauvaises nouvelles cet après-midi qui m'ont complètement désuni et je n'ai pu résister au besoin impérieux de vous voir ce soir, vous qui êtes de si bon conseil dans les situations délicates.

Un léger haussement de sourcil de son interlocutrice atteste qu'il n'aurait pas dû. Rouge de confusion, il s'apprête à prendre congé, lorsque la belle, magnanime, lui permet de s'asseoir.

— Maintenant que vous êtes chez moi, racontez-moi vos malheurs. Vous avez à votre disposition une oreille attentive.

De la Treyère ressentit un soulagement intense et se promit de faire parvenir dès le lendemain matin un cadeau digne de la jeune femme. L'arrivée du valet porteur du service à liqueur le combla d'aise. Buvant son apéritif par petites lampées successives, il se mit à conter ses mésaventures :

— Vous le savez, Madame, les tractations à la cour vont bon train pour la libération des princes...

Ninon acquiesça en silence.

— Figurez-vous que le maréchal de Grammont a été dépêché au Havre pour négocier leur délivrance. Mes intérêts, comme vous le savez, sont liés à ceux de son Éminence, or je sors de chez lui et, croyez-le ou non, il a refusé de me recevoir. Pire, ses domestiques s'affairaient à qui mieux mieux et je crains qu'il ne songe à prendre la fuite. Que vais-je devenir…

Ninon le coupa d'un geste plein de grâce tout en proposant de le resservir.

— Mon bon, me permettez-vous de vous interrompre ?

L'aristocrate hocha vigoureusement la tête.

— Il est peut-être temps pour vous, en effet, de ménager vos arrières. Tenez, voici les coordonnées d'une amie : Madame Gabriela de Lagne. J'ai ouï dire que Monsieur a beaucoup perdu aux cartes ces derniers temps. Vous pourriez acquérir ses créances et… les oublier. Je suis sûre qu'alors, si le cardinal venait à vous faire défaut, on ne vous tiendrait pas rigueur de votre égarement à son égard.

Rasséréné, le marquis prit le papier tendu et baisa les mains de celle qui venait de le sortir d'un mauvais pas en suggérant d'honorer les dettes de Gaston d'Orléans. Ninon tout sourire le raccompagna vers la sortie, indiquant qu'elle lui ferait bientôt signe pour une prochaine entrevue. Dès qu'il eut disparu, elle sonna sa chambrière afin qu'elle l'aide à se dévêtir de son corset et de sa crinoline pour enfiler une tenue d'intérieur et trouver un peu de paix en prenant un léger souper. Peine perdue : son laquais s'avança en s'excusant de la déranger.

— Madame, le valet de Mademoiselle de Goyon provoque un horrible tapage. Il semblerait qu'il demande la permission de récupérer les affaires de sa maîtresse comme l'y autoriserait cette missive.

Ninon devint soucieuse. Cela faisait près de trois mois qu'elle n'avait plus de contacts avec Violette hébergée un temps chez elle.

— Dis-lui que je m'occuperai de cela à tête reposée. Qu'il revienne en fin de matinée, nous verrons cela... En attendant qu'on ne me dérange plus. Je ne suis là pour personne. Fais éteindre les chandelles et boucle la maisonnée, je souhaite me coucher tôt pour une fois.

Le domestique s'empressa de battre en retraite, se demandant comment il allait bien pouvoir se débarrasser d'Augustin et le convaincre de repasser le lendemain, le serviteur de Mademoiselle de Goyon n'étant guère malléable.

Ninon, restée seule, considéra la lettre qu'on venait d'apporter. Elle brisa le cachet employé par Violette pour marquer sa correspondance et en lut le contenu.

Paris, 10 décembre 1650,

Chère Ninon,

Je n'ai point donné de mes nouvelles et cela me faisait craindre que vous ne voulussiez plus des miennes. J'ai appris que mon départ soudain vous avait contrariée et m'en excuse platement. Vous m'aviez recommandé de ne jamais me mêler de politique et, sottement, j'ai cru pouvoir faire fi de ce conseil avisé. Comme toujours, vous avez eu raison de m'exhorter à la prudence lors de notre dernière conversation. Je reconnais mes torts car je paye aujourd'hui le prix d'avoir négligé vos avertissements : j'ai suscité la colère d'un homme dont j'appréhende la réaction. À trop vouloir jouer avec le feu, je me suis brûlé les ailes. Je pars donc quelque temps en province me faire oublier. Mon valet viendra récupérer certaines affaires que j'ai laissées chez vous. Je vous rends mille grâces pour votre hospitalité et l'affection que vous m'avez prodiguée.

Adieu mon amie,

Violette

P.S. Je vous demande de conserver mon « jeu de dupes » s'il m'arrivait malheur.

Ninon éprouva à la lecture de ce courrier un mélange d'énervement et d'appréhension. Dans quel guêpier l'intrépide s'était-elle donc fourrée ? Violette, d'un tempérament exalté, croyait pouvoir manipuler autrui à sa guise, aveuglée par la revanche qu'elle voulait prendre sur le destin. Toutes deux avaient un passé assez semblable avec des pères jouisseurs de tous les plaisirs de l'existence, compromis dans de sales affaires, obligés de fuir en abandonnant leur famille. Ninon avait accepté son sort et la vie de courtisane qu'elle avait dû mener à la mort de sa mère alors qu'elle n'était qu'une adolescente. Violette, issue de l'aristocratie désargentée, considérait au contraire qu'on l'avait lésée des privilèges de sa caste et en voulait tout particulièrement aux grands de ce monde de ne pas lui avoir donné la place qu'elle revendiquait. La vengeance était devenue son credo, l'égarant dans de troubles complots.

Ninon soupira en se dirigeant vers les appartements jouxtant son boudoir qu'avait occupé son amie et où elle avait laissé un petit nombre de toilettes et une malle en osier. En l'ouvrant, Ninon découvrit un joli coffret en acajou. Elle se souvint à ce moment-là de Violette le caressant en annonçant que son « jeu de dupes » allait lui donner le rang qu'elle méritait. Un soir, ayant un peu trop abusé du vin de Salernes, elle avait confié comment elle avait fait construire cette cassette par un artisan vénitien célèbre pour la fabrication de mécanismes d'ouvertures complexes connus de leurs seuls propriétaires qui, s'ils étaient forcés, entraînait la diffusion dans la boîte d'un acide qui désagrégeait tout ce qu'elle pouvait renfermer. Elle lui avait même proposé une démonstration. Ninon croyait se rappeler l'avoir vue placer les aiguilles sur la petite clepsydre qui ornait l'ouvrage et en conditionnait l'ouverture. Elle hésita. Devait-elle la déverrouiller ou tout donner le lendemain à Augustin ? Elle était persuadée de se remémorer l'heure à indiquer. Mais si elle se trompait… Elle pouvait tout aussi bien détruire le contenu du coffret.

La tentation d'essayer fut la plus forte et, sans réfléchir plus avant, elle positionna les aiguilles en espérant ne pas avoir commis d'erreur. Elle pâlit en constatant que toute l'eau colorée de la minuscule horloge disparaissait à l'intérieur du mécanisme. Avait-elle tout gâché ? Elle perçut alors un bruit sec et le couvercle se souleva d'un centimètre. Avec précaution elle ouvrit le bel objet, admirant le travail d'orfèvre, avant de regarder les courriers qu'il contenait : il s'agissait de lettres cryptées. Dix symboles étaient gravés sur le panneau du fond. Certainement la clé du code, se dit-elle. Subitement elle pâlit en relevant un idéogramme qui revenait inlassablement dans plusieurs missives car elle se souvenait de ce signe pour l'avoir observé mimé par

Violette en parlant d'un puissant, s'en moquant ouvertement.

— Mon Dieu, qu'as-tu fait, pauvrette ? soupira la courtisane devant le miroir de sa coiffeuse.

Elle sonna sa chambrière pour l'aider à brosser ses longs cheveux puis la renvoya rapidement afin de réfléchir. Ninon savait que toucher à certaines personnes était impardonnable. Imaginer les faire chanter pour obtenir leur faveur était illusoire. Ces courriers étaient extrêmement dangereux et elle ne souhaitait en aucun cas être mêlée à cela. Demain elle ferait tout remettre au domestique de Violette et s'attacherait à oublier rapidement ce qu'elle avait entrevu. Elle contempla la cassette puis elle se décida à la poser sur la cheminée et se coucha dans son lit aux boiseries sculptées. Elle mit longtemps à trouver le sommeil, inquiète du sort de son imprudente amie, fixant le plafond où s'ébattaient des amours coquins qui d'habitude la faisaient sourire.

Au lever du jour, elle avait recouvré sa bonhomie coutumière. Comme chaque matin, on dressa des tréteaux pour installer sa table de petit déjeuner face à la fenêtre donnant sur le jardin intérieur et la belle pelouse où elle aimait, à la belle saison, réunir ses amis poètes pour déclamer des vers. Avec appétit, Ninon mordit dans une brioche après avoir demandé à sa servante d'emmener le coffret à l'office pour qu'il soit remis à Augustin, le valet de Mademoiselle de Goyon.

— De quel objet parle donc Madame ? demanda sa femme de chambre.

— Celui qui est sur la cheminée, là-bas, dit-elle en se retournant.

Elle effraya la domestique en se levant brutalement pour poser sa main sur le marbre froid : la cassette en bois précieux avait disparu. Malgré une fouille minutieuse du logis, elle demeura introuvable.

3

9 février 1651

François ne décolérait pas. Les intempéries et les coupe-jarrets qui sévissaient sur les routes du royaume les avaient obligés, Gervais et lui, à voyager de nuit pour assurer leur sécurité, ralentissant leur allure au point de mettre une semaine pour atteindre Paris. Et là, touchant enfin au but de leur expédition, ils avaient trouvé la ville bouclée, totalement inaccessible. La situation du cardinal Mazarin, devenue critique, l'avait contraint à fuir le Palais-Royal, déguisé en cavalier, dans la nuit du six février, pour aller se réfugier au château de Saint-Germain protégé par le comte d'Harcourt et sa troupe. Immédiatement alerté, Gaston d'Orléans avait ordonné la fermeture des portes de la capitale dont tous les accès étaient surveillés par ses hommes secondés par les milices bourgeoises.

François se retrouvait ainsi bloqué depuis trois jours, contraint d'attendre un laissez-passer qu'on avait refusé de lui délivrer jusqu'alors. Ce soir, c'était décidé, il tenterait sa chance quoi qu'il advienne. Depuis l'enlèvement de Nolwenn, il était dans un état de tension permanent, ne connaissant plus le repos, pensant à elle perpétuellement, se torturant en vain pour essayer de trouver un début d'explication à son rapt et à la mise à sac de Mont Menat par des tueurs sans foi ni loi. Il avait cru pouvoir rattraper les mercenaires et les prendre par surprise en libérant Nolwenn pendant leur sommeil mais ceux-ci avançaient bride abattue. Sa seule certitude était que cette troupe d'assassins avait rejoint la capitale juste avant le blocus, commettant toutes sortes d'exactions sur son passage, ce qui avait facilité leur traque sans guère le rassurer au vu des témoignages des malheureux qui avaient croisé leur route. Aucun d'eux n'avait aperçu Nolwenn, néanmoins plusieurs avaient parlé d'une charrette recouverte d'une bâche et un gamin avait juré avoir entendu des gémissements étouffés provenir de l'intérieur. Il ne s'en était fallu que de quelques heures pour que ces crapules passent les portes des remparts avant leur fermeture. Nerveux comme un fauve en cage, François ne supportait plus l'inaction et le sentiment d'impuissance qui le broyait.

— Monsieur, Monsieur !

Le gentilhomme sortit de la tente où il avait été parqué.

— Qu'y a-t-il, Gervais ?

— C'est bon, maître, on peut passer. Ils ouvrent les accès et on m'a dit qu'on ferait mieux d'y aller maintenant pour éviter la cohue.

Ni une ni deux, François fila récupérer leurs montures tandis que son valet remplissait leurs sacoches. Un quart d'heure plus tard ils pénétraient dans Paris.

L'insécurité des chemins et la pauvreté des campagnes traversées avaient fait craindre au seigneur de Mont Menat de retrouver une capitale exsangue :

ce fut hélas le cas. Les rues sales et malodorantes dévoilaient une détresse et une misère crasse accrues par l'arrivée de réfugiés fuyant les provinces de l'Est abandonnées aux appétits espagnols. La population, lasse des privations, devenait violente et incontrôlable. Partout la loi du plus fort régnait en maîtresse des lieux, nul n'étant plus à l'abri d'une agression souvent mortelle.

François sentait l'inquiétude le gagner en remontant la vieille rue du Temple avant de tourner rue des Francs-Bourgeois dans le quartier où se situait l'hôtel Bessières occupé par sa sœur, Louise, épouse du baron Arnaud de Saldagne, son meilleur ami[1]. Il avait hâte de prendre des nouvelles des siens, espérant de tout cœur ne pas devoir faire face à d'autres épreuves. Parvenu devant les grilles en fer forgé aux piques dorées à l'or fin, il fut rassuré par l'apparente tranquillité des lieux. Le portier ouvrit immédiatement et s'occupa des chevaux pendant qu'un second domestique courait avertir la maîtresse des lieux.

Le pied à peine posé dans le vestibule, François dut cueillir Louise au vol qui s'était élancée vers lui du haut des dernières marches de l'escalier principal.

— Ah, mon frère, ce n'est pas un rêve, vous êtes vraiment là… Comme je suis heureuse !

La jeune femme, exaltée, écartelée entre rires et pleurs, s'accrochait à lui comme une noyée.

— Calmez-vous, je suis avec vous, tout va bien.

François, inquiet devant l'état quasi hystérique de son aînée, la pressait contre sa poitrine, tentant de

---

1. Voir *L'héritier des pagans*.

l'apaiser. Peu à peu il y parvint. À ce moment-là, Henri de Rohan Montauban, leur père, apparut dans une chaise roulante poussée par un serviteur.

— Louise, mon enfant, allez prendre du repos. Laissez-moi recevoir votre frère, émit le vieillard avec peine.

En douceur, une chambrière entraîna sa maîtresse vers les étages, laissant les deux hommes s'installer dans la bibliothèque.

— Je suis navré, mon cher fils, que vous soyez accueilli ainsi. Pardonnez le comportement de votre sœur, elle est très angoissée. Arnaud n'est pas rentré depuis deux jours et la pauvre petite vient de faire une fausse couche qui l'a beaucoup fragilisée.

François s'assombrit. Il savait qu'avoir un enfant était le plus cher désir du couple. L'adversité n'épargnait décidément pas les membres de sa famille.

— Je suis peiné d'apprendre cela... Et Malo, Père, comment va-t-il ?

— De ce côté-là, tranquillisez-vous. C'est un garçon sérieux qui possède de grandes qualités, vous avez eu raison de nous le confier. Le directeur de son lycée militaire souhaite protéger ses élèves et, avec l'agitation actuelle, il n'autorise que de rares permissions le dimanche... Il est d'ailleurs très content de son intégration... Grâce au travail acharné mené sous la houlette de votre cher professeur Belfond, il a pu rattraper son retard en un temps record... Ses qualités en mathématiques... lui permettent un classement honorable. Il fera... une belle carrière d'officier, conclut le vieillard qui devait reprendre son souffle.

— Voilà au moins une raison de se réjouir. De toute façon il est préférable qu'il ignore ce qui m'amène, cela le perturberait trop, dit François en constatant avec inquiétude les efforts paternels pour respirer convenablement.

Il était pourtant bien obligé d'informer son père des derniers événements. Henri comprit son hésitation.

— François, je me doute à votre mine et à vos vêtements recouverts de boue que vous n'êtes pas porteur de bonnes nouvelles... sinon vous ne vous seriez pas présenté comme cela sans nous avoir fait prévenir... Que se passe-t-il ? demanda l'invalide en se redressant, d'un ton qui ne souffrait aucune dérobade.

— Mont Menat a été mis à sac par des hommes en armes. Ils ont assassiné plusieurs personnes et ont enlevé Nolwenn. Je suis sur leur piste.

— Nolwenn enlevée ! Stupéfait, Henri ne put réprimer le tremblement de ses mains en tentant de remonter la couverture qui recouvrait ses jambes. Que d'épreuves nous faudra-t-il encore affronter, mon Dieu... Savez-vous qui est derrière tout cela ?

— Non, j'espérais qu'Arnaud m'aiderait à le découvrir.

— Mon gendre est fort occupé depuis la fuite du cardinal. Sa cousine, Madame de Motteville, l'a fait mander au Palais-Royal. On craint pour la sécurité de la régente et de ses enfants.

— De nouveau Leurs Majestés se retrouvent seules contre tous, remarqua amèrement François.

— Hélas oui, le duc d'Orléans veut à tout prix empêcher leur fuite à Saint-Germain. Notre reine ne peut même plus compter sur la fidélité des premiers officiers du roi. C'est pour cela qu'elle a demandé à Arnaud, par l'intermédiaire de sa confidente, d'assurer sa protection et celle de ses enfants.

François connaissait la première femme de chambre d'Anne d'Autriche et l'amour immodéré qu'elle portait à sa maîtresse. Deux années auparavant, il avait aidé Leurs Altesses à échapper aux frondeurs mais, cette fois-ci, les choses s'annonçaient plus difficiles.

— Dans ces conditions, je passe rapidement une tenue convenable et je pars lui prêter main-forte. Nous nous mettrons ensuite à la recherche de Nolwenn, dit François tout en formulant une prière muette afin que ce ne soit pas trop tard.

— Je suis désolé, mon garçon... Agissez pour le mieux... Je suggère que nous gardions pour nous ce que vous venez de me révéler. Louise n'est pas en état de l'apprendre.

François acquiesça. Sa frustration de ne pouvoir voler au secours de sa bien-aimée trouverait peut-être un exutoire dans l'aide qu'il allait apporter à Arnaud.

Après un brin de toilette et un frugal repas, il choisit un pur-sang dans les écuries. À Gervais qui voulait l'accompagner il ordonna de se rendre à la taverne des Trois Portes pour voir si Simon, le patron, qui entretenait de nombreux contacts plus ou moins avouables, pouvait se renseigner pour tenter d'obtenir des informations sur les soudards qui avaient mis à sac Mont Menat et s'intéresser tout particulièrement à leur chef « Crochu ».

Rejoindre Arnaud fut moins aisé qu'il ne le pensait. Il resta un long moment coincé dans la cohue. Toutes les avenues donnant accès au palais étaient barrées par la milice qui avait du mal à contenir une foule particulièrement remontée, haineuse et susceptible de basculer dans le chaos à tout instant. Réussissant à franchir péniblement les barrages grâce à une bourse bien garnie qui ne le demeura pas longtemps, notre héros parvint à destination à la nuit tombée pour trouver la demeure royale entièrement verrouillée à la demande du duc d'Orléans, transformée en forteresse imprenable métamorphosant ses illustres occupants en simples prisonniers.

François se demandait comment y pénétrer lorsqu'il reconnut un lieutenant du régiment des gardes qui surveillait la porte de la Conférence. C'était un compagnon d'armes d'Arnaud et, comme tous ceux qui avaient combattu à ses côtés, il l'appréciait et avait d'ailleurs participé à la haie d'honneur de son mariage, sabre au poing en présence de François, témoin des mariés. Apercevant à son tour le gentilhomme, il le laissa discrètement se faufiler à l'intérieur avec un clin d'œil complice. Dieu merci, il y avait encore certains partisans de la régente dans les rangs de l'armée ! François partit à la recherche de son beau-frère, en pure perte. Il réussit à accéder à l'aile nord-est où se situaient les appartements de la reine, persuadé d'y trouver son ami. Le maréchal de Villeroy, convive régulier de l'hôtel Bessières, marqua son étonnement en découvrant sa présence.

— François de Rohan Montauban ! Que diable faites-vous là ? Je vous croyais en Auvergne.

— Je suis venu épauler Arnaud. L'avez-vous vu ?

— Non et c'est ce qui m'inquiète. Il devait préparer notre départ cette nuit, révéla-t-il à voix basse. Malheureusement notre plan est éventé. Nous ne pourrons pas réitérer l'exploit de janvier 1649, j'en ai peur. Nous voici otages du duc d'Orléans et à la merci de la populace.

Comme pour confirmer ses propos, des clameurs vigoureuses parvinrent aux oreilles de tous ceux réunis dans les appartements royaux. Se rapprochant de François, son comparse chuchota :

— Arnaud craignait un coup d'éclat de Gondi, l'évêque coadjuteur, qui pousse l'oncle du roi aux mesures les plus extrêmes. Lui et ses hommes ont ainsi appris qu'il projette de s'emparer du dauphin et de faire enfermer la reine dans un couvent. Arnaud espérait pouvoir le berner et fuir au crépuscule. Je crains qu'il ne soit arrivé quelque épisode fâcheux car il n'est pas venu comme convenu nous donner le signal du départ.

Il s'interrompit car plus loin des éclats de voix révélaient l'inquiétude d'Anne d'Autriche.

— Tout cela est parfaitement ridicule, ne cessait-elle de répéter, l'anxiété accentuant le léger accent hispanique qui la caractérisait. Nous sommes là et bien là ! Tant de tapage sans raison… Il faut que tous ces gens se tranquillisent. Ne peut-on les calmer ?

Allongée sur son lit où elle recevait l'hommage du soir de ses proches, la régente se voulait rassurante et légère, cependant personne n'était dupe et seul un silence pesant lui répondit.

À ce moment-là, l'horloge de son alcôve sonna les douze coups de minuit, à peine audibles tellement le vacarme extérieur enflait. Brutalement les portes des appartements royaux s'ouvrirent et Mesdames de Motteville et de Beaumont poussèrent de concert un petit cri de frayeur, s'attendant à voir la pièce envahie par les insurgés. François et le maréchal de Villeroy firent face, prêts à dégainer leurs épées, lorsqu'ils se retrouvèrent nez à nez avec le capitaine des Souches, homme lige du grand Gaston qui s'était vu confier son régiment de gardes suisses.

— Votre Majesté, dit ce dernier en les évitant pour aller se prosterner devant la reine. Je suis porteur d'une supplique du duc d'Orléans qui vous implore d'apaiser la foule qui nous menace.

Sur son lit d'apparat, Anne d'Autriche fit un effort surhumain pour ne pas s'étouffer de colère avant de réussir avec maîtrise mais extrême froideur à répliquer :

— C'est votre maître et nul autre qui a amené ce peuple sous mes fenêtres. Lui seul peut le faire repartir il me semble. Vous me voyez couchée et sans aucune intention de m'enfuir vers on ne sait où. Que vous faut-il de plus, laissa-t-elle échapper, l'indignation finissant par lézarder son apparente impassibilité.

À cet instant précis, des pavés lancés par plusieurs énergumènes qui tentaient une percée brisèrent une baie vitrée. Les gardes s'emparèrent des premiers téméraires qui avaient réussi à se hisser sur le grand balcon construit par Jacques Lemercier à la demande de la régente pour pouvoir à loisir admirer les magnifiques jardins de Desgots, seulement ils ne pouvaient longtemps maintenir à distance une plèbe résolue à forcer le passage et qui avait trouvé là un moyen commode de le faire. François comprit qu'on ne pourrait plus d'ici peu échapper à l'émeute. Il se pencha vers le maréchal.

— Où sont les enfants royaux ?

— Dans la chambre de Louis, l'ancienne chambre de Richelieu située juste après la galerie des hommes illustres. Voyez le serviteur qui se tient à votre droite devant les battants dorés, c'est La Porte, le valet du dauphin.

François aborda discrètement l'individu qu'on venait de désigner et s'adressa à lui à voix basse :

— Monsieur, il faut dire à Sa Majesté de ne point bouger de son lit.

— Ah ! Je le voudrais bien... mais mon jeune maître exige de rejoindre sa mère pour la soutenir dans l'épreuve.

François aperçut en effet le juvénile suzerain habillé de pied en cap dans l'embrasure de la porte. En deux enjambées il le rejoignit et le dissimula aux regards, espérant que personne ne l'ait remarqué.

— Monsieur de Rohan Montauban, s'exclama le futur monarque étonné de retrouver le visage familier du gentilhomme qui lui avait sauvé la vie deux années auparavant au château de Saint-Germain [1].

— Votre Altesse, courez vous recoucher et faites semblant de dormir, vous accréditerez ainsi les propos de votre mère la reine.

Malgré le regard courroucé de l'adolescent, il osa poursuivre :

— Pour l'amour de Dieu, Votre Majesté, c'est l'unique chance d'éviter un bain de sang.

Louis pâlit et, après un rapide signe d'approbation en direction de François, se dirigea vers sa chambre, suivi par La Porte qui l'aida à se coucher et dissimulât ses habits en remontant les draps

1. Voir *L'héritier des pagans*.

jusqu'au royal menton avant de fermer l'accès à la pièce.

Pendant ce temps, des Souches haranguait les courtisans présents, leur vantant la bonne volonté de son maître. François fit un signe à Villeroy pour qu'il attire son attention.

— Parbleu, encore heureux que Votre Seigneur veuille arranger les choses, qu'adviendrait-il de pire s'il ne le souhaitait pas ? Que désire de plus le duc d'Orléans ? Des Souches, vous voyez sans conteste que la reine est de bonne volonté, s'exclama-t-il avec vigueur.

Saisi, le capitaine des gardes suisses se tourna vers celui qui osait l'apostropher de la sorte, ce qui permit à notre héros de s'approcher de Madame de Motteville.

— François, c'est vous ? chuchota-t-elle surprise.

— Madame, dites à la reine que le bruit va réveiller ses enfants.

— Nous ne le pouvons pas, les petits sont habillés, prêts à partir, répondit-elle d'une voix faible et tendue.

— C'est arrangé avec La Porte. Prévenez vite Sa Majesté.

Des Souches ne remarqua pas le manège qui se jouait derrière son dos, outré par les propos de Villeroy, exigeant qu'il s'en excuse, ce que ce dernier fit de fort bonne grâce à son grand étonnement. Quand il se retrouva de nouveau face à Anne d'Autriche, il s'entendit répliquer vertement :

— Parfait, capitaine, puisque la parole de votre reine ne vous suffit pas, rendez-vous compte du peu d'à-propos de vos accusations en vérifiant par vous-même que le roi dort à côté.

Des Souches s'exécuta promptement, guidé par le maréchal de Villeroy. Anne d'Autriche, inquiète, chercha des yeux Madame de Motteville qui, d'un geste discret, désigna François. La régente apprécia d'apercevoir ce fidèle partisan et reprit des couleurs. Lorsque l'homme lige de Monsieur réapparut, elle le toisa froidement :

— Pouvons-nous enfin espérer que cesse ce zèle intempestif ?

— Je vous prie, Votre Altesse, d'accepter mes plus humbles excuses pour les désagréments provoqués par ma venue à une heure si tardive. Je vais de ce pas rassurer le peuple de France. Son roi est bel et bien là !

François, à en juger par l'état d'excitation de la foule à l'extérieur chauffée à blanc par les rumeurs de fuite des membres de la famille royale, n'était pas certain que les louables intentions du capitaine suffisent à empêcher l'insurrection. La populace s'enhardissait de plus en plus et soudain une centaine d'individus incontrôlables, en guenilles et armes aux poings, déferlèrent à l'intérieur du palais.

La reine comprit qu'il fallait agir vite et ordonna très intelligemment qu'on ouvre grand les portes. Se levant, elle accueillit avec sang-froid et cordialité les chefs de la cohorte hirsute et malodorante qui forçaient sa demeure.

— Messieurs, votre roi dort comme vous pouvez le constater, affirma-t-elle en désignant l'entrée des appartements de son fils.

La Porte reçut pour consigne de soulever les rideaux du lit du dauphin, Villeroy tendit une bougie et le troupeau d'insurgés, faisant chut à qui mieux mieux, se pressa devant le baldaquin s'esbaudissant à la vue du jeune roi assoupi. François se tenait à un mètre de la couche royale, prêt à intervenir au moindre débordement. Une nouvelle fois, comme à Saint-Germain, il admira le courage de Louis qui restait impassible, profil marmoréen, subissant sans broncher de recevoir les postillons de ceux qui disaient l'aimer et qui forçaient ainsi son intimité, l'obligeant, lui, leur monarque, à jouer la comédie de l'endormissement, humiliation qui le hanterait pour le restant de ses jours.

— Il est temps de laisser Sa Majesté se reposer en paix, dit François d'une voix aimable, montrant aux énergumènes le chemin de la sortie.

Tout le monde convint qu'il ne fallait pas réveiller un si bel enfant et peu à peu la masse se retira. Une fois l'excitation passée, les misérables se sentirent impressionnés de fouler les magnifiques parquets de Macé et de deviner sur eux les regards courroucés des portraits de Richelieu peints par Champagne, osant à peine s'arrêter devant les œuvres de Vouet, s'extasiant comme des enfants face aux dorures et aux ornements qui se déployaient à foison, se laissant pour finir expulser tranquillement comme un troupeau de moutons.

À peine avaient-ils franchi le seuil de ses appartements que Louis se redressa. Il contempla son frère en pleurs qui, réfugié auparavant dans la pièce adjacente, venait d'entrer en hoquetant, avouant qu'il avait mouillé son lit, et serra les poings en enfonçant ses ongles dans ses paumes jusqu'au sang. François s'inclina profondément et quitta la pièce, sachant qu'aucune parole n'apaiserait l'immense colère du jeune suzerain. Il alla présenter ses hommages à Madame de Motteville, espérant qu'elle donnerait des indications sur l'endroit où il pourrait trouver Arnaud.

— Non, mon ami, je suis comme vous, incapable de dire où se trouve mon cousin. La reine nous a demandé de venir entendre la messe avec elle. Je prierai pour la sauvegarde d'Arnaud… Las, déplora-t-elle en désignant discrètement des miliciens au loin, Sa Majesté est encore obligée de tolérer des intrus chez elle. On ne peut plus se défaire de certains officiers de la garde bourgeoise et elle les a invités à l'accompagner dans son oratoire afin qu'ils puissent voir ses châsses ornées de diamants renfermant des reliques. Peut-être pourrons-nous ensuite nous en débarrasser et prendre quelque repos…

François la vit s'éloigner afin d'aider la reine à passer une robe de chambre. Il s'apprêtait à quitter les lieux lorsque le maréchal lui fondit dessus, visiblement très agité.

— On vient de m'apprendre qu'Arnaud a eu maille à partir avec les hommes du coadjuteur. Il serait blessé et réfugié dans une auberge les Trois…

— Les Trois Portes. Le patron de l'établissement est une vieille connaissance. Je m'y rends séance tenante. Au plaisir de vous revoir, maréchal.

Villeroy le salua et se résigna à rejoindre le dauphin à pas lents, ne sachant guère comment soulager le courroux et l'humiliation de l'enfant, espérant que La Porte y parviendrait.

François se hâta de récupérer sa monture et, les rues étant redevenues praticables, rejoignit sans encombre la taverne. Il n'avait pas fait un pas à l'intérieur qu'il fut immédiatement alpagué par Simon.

— Oh, monsieur, comme j'ai été peiné d'apprendre par Gervais votre malheur ! Je vous promets que si j'entends la moindre chose, vous en serez immédiatement informé.

François le remercia en cherchant son serviteur des yeux.

— Il ne s'est pas attardé, vous savez, l'informa le patron. Il est reparti avant même que votre beau-frère ne fasse son apparition. Le baron était bigrement amoché, il pissait le sang. Je l'ai installé dans une chambre afin qu'on le soigne, d'ailleurs il ne souhaitait pas regagner l'hôtel Bessières avant d'être un tantinet retapé, rapport à Madame.

— Vous avez bien agi, je vais voir comment il se porte.

— Il est en haut en compagnie d'un ami.

François monta à l'étage. Il découvrit le blessé allongé, apparemment touché à l'épaule. Un inconnu qui l'aidait à se redresser pour trouver une position plus confortable fit un geste en direction de sa rapière en apercevant leur visiteur. Arnaud, tout aussi surpris par cette entrée, le retint.

— François, que diantre fais-tu ici ?

Puis remarquant le regard de son beau-frère sur son compagnon, il poursuivit :

— Javier, je te présente François de Rohan Montauban dont je t'ai parlé et qui s'est décidé à monter à Paris. François, je te présente mon cousin Javier de San Juan qui vient de me sauver la vie. Il est dans la capitale depuis l'été dernier, chargé par son père de liquider discrètement les intérêts familiaux et le patrimoine français mis à mal par le conflit actuel entre nos deux nations. C'est un protégé de notre reine, conclut-il dans un souffle d'une gaieté et d'un débit dus à l'alcool qu'il avait ingurgité en grande quantité afin de supporter la douleur ravivée par l'examen du médecin pour s'assurer qu'aucun tendon n'avait été touché.

Les deux gentilshommes s'observèrent en silence. Javier était un digne spécimen de l'aristocratie espagnole : cheveux noir corbeau, de l'allure, des traits acérés, froids, qui se métamorphosaient dès qu'il souriait, ce qui permettait alors de remarquer la ressemblance entre les cousins, discrète mais réelle.

— Que t'est-il arrivé ? l'interrogea François, tirant une chaise pour s'asseoir aux côtés du blessé.

— Ah, mon grand, je ne suis pas fier de moi !... Je me suis cru assez habile pour me mêler aux agents du coadjuteur afin de déjouer ses plans. Malheureusement j'ai été démasqué. Ils m'ont séquestré. J'ai tenté de m'enfuir et j'allais être rattrapé quand Javier est arrivé... un vrai miracle. Je m'en sors avec une simple égratignure.

Le blessé fit un geste pour que son cousin continue le récit car il était épuisé.

— J'avais besoin de voir Arnaud en urgence. Louise m'a dit où trouver les hommes de son escouade et, sur leurs indications, j'ai rejoint ceux cachés aux abords du domaine de Noisy, guettant Arnaud qui avait réussi à se mêler aux conjurés pour les espionner, *muy preocupados* [1], car il n'était pas ressorti avec les autres participants. On se demandait comment le libérer lorsqu'il y a eu des cris à l'intérieur de la demeure et, en m'approchant, je l'ai

1. Très inquiets.

vu essayer d'échapper aux sbires de Gondi *por eso intervine*[1].

— Il m'a sorti d'un sacré guêpier et a estourbi quatre adversaires pour cela. Damné gaillard ! s'écria Arnaud en riant avant de devoir s'arrêter à cause de son entaille.

Puis son visage s'assombrit.

— Sans lui ma mission aurait été un échec complet. Je n'ai pas pu soustraire Leurs Majestés à la vindicte populaire.

François le rassura rapidement sur le sort de ceux pour lesquels il était prêt à se sacrifier. Soulagé, Arnaud se félicita qu'il y ait eu plus de peur que de mal. Ce ne fut qu'à ce moment-là qu'il le questionna :

— Et toi, François, que nous vaut ce plaisir ? Vous deviez nous rejoindre pour Pâques... As-tu bien reçu mon courrier, la surprise a dû plaire à ton épouse !

Sa bonhomie disparut aussitôt en comprenant, à l'expression de son beau-frère, qu'il était arrivé quelque chose de grave. François, qui aurait préféré en parler seul à seul, se décida néanmoins à dire la vérité :

— Mont Menat a été attaqué et Nolwenn enlevée...

Le baron de Saldagne écarquilla les yeux de stupeur, tentant de rassembler ses esprits.

— *Dios mio*[2], laissa échapper Don Javier de San Juan devenu blanc comme un linge. C'est pour cela, Arnaud, que je voulais te parler.

1. Aussi suis-je intervenu.
2. Mon Dieu !

Agacé par cette réaction, François le fixa, sourcils levés, attendant la justification de son interruption.

— Morbleu, expliquez-vous, en quoi l'assaut mené contre mon château vous concerne-t-il ?

— Nolwenn, votre épouse, est bien née demoiselle de Trémazec ? s'enquit l'aristocrate espagnol.

— C'est exact, comment diable..., s'énerva François à l'évocation du nom de jeune fille de sa compagne que nul ne connaissait à part ses proches par mesure de précaution pour que personne ne puisse faire le lien avec son ancienne identité.

— Je suis à la recherche de votre domaine depuis la disparition de celle que j'aime et qui, je l'espère, s'est réfugiée auprès de vous dans la seule parentèle qui lui reste, révéla l'hidalgo scrutant François en quête d'une confirmation.

Le gentilhomme le regarda, méfiant et garda le silence. Arnaud, subitement dégrisé, intervint :

— Explique-toi, Javier. Comment as-tu appris ce nom ?

— C'est Violette qui m'avait raconté avoir par hasard aperçu sa cousine Nolwenn de Trémazec au palais en compagnie de son époux et de l'avoir rencontrée avant qu'ils ne regagnent leurs terres d'Auvergne. Je n'ai fait un lien avec les Rohan Montauban qu'hier grâce aux propos de Louise qui m'avait invité à déjeuner. Nous parlions de l'état déplorable des routes lorsqu'elle a fortuitement fait allusion à Nolwenn, sa belle-sœur, et au domaine de Mont Menat où sa cousine était allée la visiter en endossant le rôle de messager surprise et qu'elle espérait être arrivée saine et sauve. *Por eso quise verte primo, para confirmarlo* [1].

François, qui ignorait tout de cette entrevue, extrêmement tendu, s'approcha de San Juan presque à le toucher. Arnaud fit un signe d'apaisement dans sa direction et encouragea Javier à continuer.

— Violette et moi nous sommes disputés début décembre. Je voulais qu'elle change de mode de vie mais elle a refusé. Du jour au lendemain elle a fui me laissant sans nouvelles. *La busco por todo…* [2] Quand Louise m'a parlé de Nolwenn, je me suis demandé s'il n'était pas envisageable que ce soit la fameuse cousine qu'elle avait mentionnée. Comprenez-moi, mes intentions sont pures : *quiero pedirle su mano* [3] or je dois prochainement repartir en Espagne, aussi me faut-il lui parler rapidement. Violette était-elle effectivement à Mont Menat ? comment va-t-elle ?

Javier braqua des yeux pleins d'espoir et d'angoisse sur François. Les épaules du gentilhomme s'affaissèrent sous le poids de la déception : il avait cru obtenir des informations qui expliqueraient l'assaut de son domaine et le désappointement marquait ses traits. Une immense lassitude l'envahit à l'idée qu'il allait devoir annoncer l'assassinat de Violette à son amant.

---

1. C'est pour cela que je voulais te voir, cousin, pour en avoir confirmation.
2. Je la cherche partout…
3. Je souhaite demander sa main.

4

17 février 1651

François se réveilla dans d'agréables draps frais fleurant bon la lavande, senteur qui lui rappela immédiatement qu'il se trouvait dans sa chambre de l'hôtel Bessières. Paris, la veille, n'avait été du matin au soir que mouvements de foule, feux de joie, manifestations de satisfaction bruyante autour du retour des princes libérés par Mazarin de leur prison du Havre. Son Éminence, réfugié à Lillebonne, avait voulu les délivrer et ainsi prendre de vitesse les envoyés de Gaston d'Orléans : le président du parlement Viole, qui le haïssait copieusement, accompagné de l'orgueilleux La Rochefoucauld. Après une arrivée éclatante, escorté par ses trois cents cavaliers, le cardinal avait cependant dû affronter seul les illustres détenus, le responsable du pénitencier l'obligeant à laisser ses hommes aux portes de la ville. Les paroliers s'en donnaient à cœur joie en inventant chaque jour des chansons décrivant le dîner qui avait réuni les quatre convives, moquant un Mazarin prêt à toutes les bassesses pour plaider sa cause, assurant de son indéfectible amitié un Grand Condé ironique et goguenard.

Le prince, son frère Conti et son beau-frère Longueville venaient de faire le seize février une entrée triomphale dans la capitale aux côtés de Monsieur dans son carrosse somptueusement harnaché pour l'occasion. Le peuple était d'autant plus en verve que le maudit Sicilien était en fuite : on le disait à Dieppe chez son ami le gouverneur de Normandie au grand dam du parlement régional qui n'en voulait pas sur ses terres. On ne doutait point que le malandrin serait bien obligé de quitter le royaume et on s'en réjouissait hautement.

Seule la reine paraissait regretter son ministre. La régente et ses fils, quasi captifs du Palais-Royal, semblaient à la merci de Condé et des frondeurs. François, comme tous les vrais fidèles, était allé saluer Anne d'Autriche et participer à son coucher en signe de soutien. Devant Gaston d'Orléans et le duc de Condé qui s'étaient imposés un quart d'heure dans une tension palpable, la reine avait réussi à faire bonne figure mais sa froideur traduisait son déplaisir. Tous ses proches poussèrent un soupir de satisfaction lorsque les princes prirent enfin congé pour assister au grand souper donné en leur honneur par le duc d'Orléans. François avait été une fois de plus bluffé par la capacité du jeune Louis à cacher son dépit qu'il savait profond. L'enfant était allé jusqu'à embrasser le vainqueur de Rocroi qui n'avait décelé qu'innocence et juvénilité là où n'existaient plus que résolution inébranlable et soif de vengeance.

Cette nuit encore, François avait mal dormi, envahi par de terribles scènes de cauchemar où il tentait d'étreindre à bras-le-corps une Nolwenn transformée en statue de sable se désagrégeant sous ses doigts. Il émergeait de ce mauvais sommeil en nage, malheureux et désespéré. Comment retrouver sa femme ? Malgré l'assistance apportée par Simon, et tous ceux prêts à l'aider comme Paul, le père de Sylvaine, l'ancien mousquetaire dont il avait failli devenir le gendre [1], le Crochu demeurait introuvable. François se voyait condamné à attendre un nouvel élément pour se remettre en chasse.

De San Juan, traumatisé par l'annonce du meurtre odieux de sa maîtresse, avait juré de l'épauler à traquer ses assassins et à découvrir pourquoi on s'était attaqué à Mont Menat pour enlever Nolwenn. Sincèrement épris de Violette, Javier aurait voulu l'extraire de sa vie de courtisane et des intrigues menées pour s'assurer une place dans la bonne société ne comprenant pas l'importance que cela avait à ses yeux. C'était pour elle qu'il s'était attardé en France au risque de provoquer les foudres paternelles. Touché par la détresse d'Anne d'Autriche, sœur du roi espagnol Felipe IV, il avait proposé à Arnaud d'aider la régente, cruellement dépourvue d'hommes sur qui compter, en assurant la protection des nièces et du neveu de Mazarin qui requéraient une surveillance étroite et leur confinement au Val-de-Grâce. C'était d'ailleurs une raison supplémentaire pour Louis de haïr les frondeurs qui le privaient ainsi de la compagnie du fameux neveu : Paul Mancini, un de ses meilleurs camarades de jeu avec Brienne, tirailleurs hors pair des canons miniatures qu'abritaient ses châteaux forts en réduction dressés dans les jardins du palais.

---

1. Voir *L'héritier des pagans*.

À l'hôtel Bessières, François alla retrouver sa sœur comme chaque matin pour prendre des nouvelles d'Arnaud saisi par une mauvaise fièvre causée par l'infection de sa blessure et dont l'état les préoccupait. Louise était perpétuellement au chevet de son époux, absorbée par les soins à lui prodiguer, manquant de temps pour pouvoir fournir du réconfort à son frère, ce qu'il concevait parfaitement. Fort heureusement son aînée faisait partie de ces personnes que les épreuves galvanisent. Elle avait appris l'enlèvement de Nolwenn de la bouche de Gervais, sommé de s'expliquer après le malaise d'Henri, éprouvé sitôt François parti rejoindre Arnaud. Devant la gravité des circonstances, Louise avait surmonté sa propre peine de n'avoir pu mener sa grossesse à terme et avait repris les rênes de la maisonnée, s'occupant du blessé et du vieil homme avec dévouement. Là au moins elle se sentait utile, ce qui n'était guère le cas quand elle croisait le regard de son frère et la souffrance presque palpable qui en émanait. Elle savait qu'aucune parole ne le consolerait, alors elle s'assurait qu'il ne manquait de rien et parfois elle le rejoignait près du feu se contentant de s'asseoir avec lui et de prendre sa main. L'intermède ne durait jamais longtemps car il fallait toujours changer un pansement ou bien réconforter leur père qui, depuis cette dernière crise, plongeait dans un sommeil comateux pour émerger complètement désorienté, croyant parfois être de nouveau emprisonné au fond d'un cachot. Pourtant Henri retrouvait sa lucidité par intermittence pour demander où en étaient les recherches sans qu'on puisse le rassurer.

François se sentait terriblement angoissé en pensant au sort réservé à son épouse : les jours se succédaient et il se retrouvait dans l'impuissance la plus totale. Ce matin-là, à peine habillé, il décida d'aller aux Trois Portes, espérant du nouveau ou tout du moins voir son ami Belfond. Le jeune homme avait été extrêmement surpris lorsque Simon lui avait révélé que l'éminent helléniste n'y venait plus régulièrement comme de par le passé. Il le fut encore plus en en apprenant la raison : le professeur était amoureux et faisait sa cour à une jolie veuve qui avait réussi à l'extraire de son célibat de vieux garçon timide. François était curieux de rencontrer la créature capable d'accomplir un tel exploit.

Simon fut surpris et peiné de voir le gentilhomme de si bon matin ingurgiter de l'alcool en guise de petit déjeuner, particulièrement à cette période de l'année où tout bon chrétien était censé pratiquer l'abstinence et le jeûne. Il le servit néanmoins, sans faire de commentaire, respectant par ce silence son chagrin.

François savait pertinemment que la solution n'était pas de se réfugier dans la boisson, pourtant il avait atteint un tel degré de frustration et de douleur qu'il ne voyait pas d'autre possibilité pour anesthésier sa détresse. Il était prêt à tous les combats pour délivrer Nolwenn, la cruauté du sort voulait qu'il n'ait pas le moindre élément auquel se raccrocher. L'imaginer en danger, impuissant à l'aider, déjà morte peut-être, le rendait fou. Gervais, qui avait proposé de l'accompagner, s'était fait sèchement rabrouer faisant les frais pour la première fois de sa mauvaise humeur, la sollicitude du valet n'étant pas de taille à atténuer l'ampleur de son désarroi.

François vidait godet sur godet ; toutefois l'entrée dans l'établissement de Javier de San Juan le dessoûla immédiatement. L'Espagnol fit mine de ne pas voir le pichet vide sur la table et, après avoir pris de rapides nouvelles de son cousin, il en vint à la raison de sa venue.

— François, j'ai réfléchi, ne serait-il pas concevable que l'enlèvement de votre épouse ait un rapport direct avec la venue chez vous de Violette ?

En prononçant le prénom de la défunte, sa voix trembla mais il se reprit fermement pour continuer :

— À la fin de l'année dernière elle m'avait annoncé qu'elle quittait son logement pour aller passer quelque temps chez sa meilleure amie. *No pude disuadirla* [1]. Elle voulait s'éloigner de moi certainement pour me protéger. Violette était assez secrète et ne m'a jamais révélé le contenu exact de ses activités. Aurait-elle pu entraîner Nolwenn dans son goût de l'intrigue ?

— J'ai du mal à l'imaginer… cependant il faut bien avouer que je ne savais pas qu'elles s'étaient vues à Paris. Je ne crois pas Nolwenn capable de me cacher quoi que ce soit ; néanmoins aucune possibilité n'est à écarter, dit-il, sceptique. Qui est cette amie dont vous me parlez ?

— Ninon de Lenclos. C'est une personne charmante dont le salon est fort réputé.

François devina qu'il devait s'agir d'une courtisane tout comme Violette.

1. Je n'ai pu l'en dissuader.

— Puisque c'est la seule piste que nous ayons, allons la rencontrer…

Javier se permit un léger toussotement, François comprit qu'il n'était guère présentable et alla faire une rapide toilette à l'étage avant de redescendre beaucoup plus frais. Les deux compères partirent au trot en direction du Faubourg Saint-Germain, prenant garde d'éviter les artères où se massaient les badauds. La foule voulait assister au passage des princes en route vers le parlement pour remercier les conseillers de leur soutien et recevoir leur amnistie, expression du ralliement des deux frondes n'inaugurant rien de bon pour la royauté.

Connaissant le mode de vie de la galante demoiselle, ils ne furent pas surpris de trouver portes closes à son adresse. Par contre, ils s'étonnèrent qu'aucun valet ne réponde pour prendre leur commission alors que François était persuadé d'avoir entendu des voix provenir des écuries. Leur stationnement devant l'hôtel particulier attira l'attention de la bonne du logis voisin.

— Ça ne sert à rien d'attendre là, mes seigneurs, y vous ouvriront pas !

— Et pourquoi cela ?

— C'est que leur maîtresse a été arrêtée ce matin.

Déconcertés, les gentilshommes encouragèrent la domestique à poursuivre ses confidences à l'aide de pièces qu'elle fourra dans ses poches avec avidité.

— Oh, ben vous savez, ça lui pendait au nez. Vot' dame, enfin si on peut dire, et toute sa clique, ils menaient la fête chez l'comte d'Aubijoux, un de ses soupirants… Tout ce beau linge faisait ripaille comme d'habitude rue des Saints-Pères. Pour sûr, ce n'est pas le genre à se priver même pendant le Carême ! Rendez-vous compte, mes seigneurs : ils ont osé jeter leurs restes de viande par la fenêtre. Et là ils n'ont pas eu de pot, continua la grosse femme en s'étranglant de rire, un os est tombé direct sur un prêtre, de Saint-Sulpice par-dessus le marché ! Ah y'a pas à dire, le cureton alerté, il a pas aimé... Faut dire que la compagnie du Saint-Sacrement, c'est pas des enfants de chœur. Le vice, eux, ils s'y connaissent : si tu files pas droit ils te rappellent au bon souvenir des flammes de l'enfer. Ils ont fait enfermer plus d'un drôle, soupira la matrone en faisant claquer sa langue. Ça fait plus de vingt ans qu'ils causent des dégâts dans le quartier... Pour en revenir à notre affaire : le bailli a été saisi. C'est qu'il y a eu, comme y disent, pro-fa-na-tion, conclut-elle en prenant plaisir à articuler chaque syllabe.

Attirées par la voix puissante de leur interlocutrice, plusieurs personnes se mêlèrent à la conversation. Nos gentilshommes apprirent ainsi que Ninon, malgré ses protections et sa relation privilégiée avec le Grand Condé, s'était retrouvée convoquée *manu militari* au Palais-Royal devant une Anne d'Autriche n'aimant pas plaisanter vis-à-vis de tels manquements, surtout lorsqu'ils étaient commis par une proche de Monsieur le Prince qu'elle haïssait cordialement. Son arrogance, les quolibets publics dont il se délectait envers le cardinal, seul être en qui elle ait confiance, l'irrespect manifeste des décisions royales... tout cela passe encore. Seulement voilà, le Grand Condé avait dépassé les bornes en l'humiliant profondément en tant que femme : il avait osé demander à Jarzé, un officier de sa coterie, de lui faire une cour éhontée au vu et au su de tous, persuadé qu'elle allait céder au beau ténébreux, avide de la ridiculiser, elle, et par ricochet son Mazarin qu'il abhorre. La régente avait bien tenté avec tact de se défaire d'un amoureux transi dont elle n'avait que faire, mais l'intéressé n'en avait eu cure et elle fut obligée de le rappeler publiquement à l'ordre avant de devoir, toute honte bue, subir la mortification de s'en expliquer auprès du prince, furieux qu'elle ait osé insulter son protégé. La reine ne le lui avait jamais pardonné, et ses longs mois en captivité devaient beaucoup à sa totale ignorance de la psychologie féminine.

François et Javier se regardèrent, inquiets. Avec de tels faits les choses pouvaient très mal tourner pour la jeune courtisane. Elle risquait fort d'être le sujet d'une lettre de cachet ordonnant son enfermement au couvent pour expier ses fautes. Les deux gentilshommes laissèrent le petit attroupement décider du sort qui serait réservé à la pécheresse et filèrent ventre à terre au palais.

Il y avait foule devant les appartements royaux : les courtisans se pressaient, avides de voir la déchéance de Ninon qui, par sa liberté de parole et son mode de vie libertin, s'était attirée beaucoup de rancœurs et d'envie. Anne d'Autriche faisait les cent pas devant la présumée coupable prostrée à ses pieds. Son teint, très pâle sous l'effet de la colère, contrastait avec les nuances cramoisies de ses pommettes, rappelant le rouge à joues à la mode espagnole dont elle usait autrefois avant d'être veuve. La reine était d'autant plus remontée qu'elle avait surpris ce matin-là un freluquet en pleine déclamation, répétant ces vers conspuant Mazarin qu'il jugeait cocasses :

Lorsque je pense à ce voleur
Contre moi-même je me fâche
Au front me monte la chaleur
Lorsque je pense à ce voleur
De Paris il est le malheur
Et Paris toutefois le lâche
Après avoir dix ans volé
Que nous sert qu'il soit exilé ?

La régente avait exigé qu'on chasse sans ménagement l'imprudent non sans obtenir le nom de l'auteur : l'exécré Scarron, ami de la trop célèbre courtisane qu'on introduisit peu après dans un malheureux concours de circonstances. Le flegme que la suzeraine s'astreignait à conserver quoi qu'il advienne devant une cour avide de règlement de comptes vola en éclat. La perte de son conseiller, l'enfermement dans son propre palais devenu prison, l'insolence de certains : c'en était trop. Elle ne parvenait plus à se contenir et tous sentaient qu'il lui fallait trouver une victime expiatoire pour se venger de ces humiliations. Madame de Motteville tenta de l'apaiser et se fit vertement rabrouer. Les perles qui enserraient le chignon de la suzeraine offensée s'entrechoquaient en un cliquetis régulier qui scandait chaque parole prononcée.

— Ainsi donc vous vous permettez d'offenser Dieu en manquant à tous vos devoirs de chrétienne, vous dont certains vantent tant les grâces ! Vous méritez votre place au couvent des filles repenties il me semble.

Un chorus de murmures de soutien provenant des dévots de l'assemblée enfla, accentuant le courroux de la régente. Les partisans de Ninon commençaient à s'inquiéter de la tournure prise par les événements, le sort de la demoiselle Lenclos paraissait compromis. Un silence pesant s'installa : on retenait son souffle tout en dévisageant Sa Majesté. La régente eut subitement la désagréable sensation de se donner en spectacle et, avant de poursuivre sa diatribe, elle jeta un regard à Madame de Motteville dont le visage contrit la ramena à un peu plus de mesure.

Bautru, comte de Serrant, connu pour ses satires, n'appréciait guère de voir les bigots triompher : comme l'accusée, il aimait les plaisirs de la vie, tout particulièrement ceux de la table et du lit où il espérait un jour entraîner la belle. Amateur de textes coquins mais aussi fondateur de l'Académie française, ce courtisan haut en couleur dont la reine appréciait les bouffonneries se jeta à l'eau pour sortir la courtisane du guêpier où elle se trouvait.

— Ma Reine, elle n'est ni fille ni repentie, s'esclaffa-t-il.

Le mot fit sourire malgré elle Anne d'Autriche qui observa de nombreuses réactions similaires dans l'assistance, ce qui l'amena à comprendre que l'impie bénéficiait de plus de défenseurs qu'elle ne le croyait. Il était peut-être temps de mettre un frein à cette affaire. Ninon redressa alors la tête pour déclarer d'une voix forte et mélodieuse :

— Puisque Sa Majesté a la gracieuseté de m'offrir le choix, je la prie instamment de me faire conduire au couvent des Cordeliers.

La repartie fit mouche. Tous connaissaient la réputation de fêtards et de débauchés de ce lieu où nulle âme bien née ne se serait risquée. Un des camarades du déclamateur précédemment expulsé osa fredonner un petit couplet :

Boire à la Capucine
C'est boire pauvrement ;
Boire à la Célestine c'est boire largement ;
Boire à la jacobine c'est chopine à chopine ;
Mais boire en Cordelier
C'est vider le cellier.

La régente chercha en vain des yeux le chanteur parmi la foule, prête à ordonner qu'on se saisisse de l'impudent personnage, désagréablement surprise de constater que l'auditoire serrait les rangs pour le dissimuler. Elle hésita, aperçut les mines déconfites de François et de Javier, qu'elle appréciait à leur juste valeur, et cela la décida à prendre les faits avec plus de légèreté, d'autant que les représailles du Grand Condé seraient à la mesure des tracas causés à sa protégée. Plutôt que de perdre la face, elle prit le parti d'en rire, immédiatement imitée par toute l'assemblée, ce qui provoqua l'hilarité générale, peu commune ces derniers temps.

— Vilaine fille, allez donc où vous voulez, toutefois modérez vos agapes, vous m'éviterez de donner un tout autre ordre à l'avenir si l'on me signalait un nouveau débordement.

Sa Majesté brisa là l'échange et fut immédiatement entourée de courtisans la félicitant pour la qualité de son intervention pendant que Ninon effectuait une sortie discrète escortée par quelques proches. François et Javier leur emboîtèrent le pas et l'abordèrent avant qu'elle ne rejoigne son carrosse. En trois mots, ils lui expliquèrent les raisons qui justifiaient une rapide entrevue.

Ninon, plus affectée par ce qui venait de se passer que ce qu'elle voulait laisser paraître, fut au bord de l'évanouissement en apprenant la mort de Violette. Elle réussit à s'accrocher à François avant de vaciller complètement. Les deux gentilshommes l'aidèrent à prendre place dans sa voiture et l'y rejoignirent à sa demande, un laquais attachant leurs montures à sa suite. La demoiselle reprit rapidement ses esprits et écouta attentivement le récit de François.

— Monsieur, je comprends votre inquiétude. Un coffret contenant des courriers codés laissé par Violette à mon domicile vous aurait certainement apporté des réponses, malheureusement il m'a été dérobé. Comment vous aider ?

La jeune femme remarqua alors qu'en chutant une baleine de son corsage avait arraché et ouvert le médaillon renfermant un portrait de Nolwenn que François portait toujours autour du cou depuis sa disparition. D'un mouvement gracieux, elle allait le lui rendre lorsqu'elle en vit le contenu et poussa un soupir.

— Madame, que vous arrive-t-il ? s'inquiéta François, redoutant un nouveau malaise.

— Je crains, Chevalier, que votre épouse ne se retrouve en fâcheuse posture. Vous dites qu'en aucun cas vous ne voyez en quoi on pourrait lui en vouloir, c'est cela ?

— En effet. Elle a vécu toute son enfance au fin fond du pays Léon et n'est venue à la cour qu'une unique fois pour être présentée à Sa Majesté juste avant notre mariage. Nous vivons dans nos terres auvergnates loin de tous complots, il n'y a donc aucune raison pour qu'on lui en veuille et je ne vois vraiment pas comment elle pourrait être mêlée à une quelconque intrigue.

— Dans ce cas, il ne reste qu'une seule explication qui, je le crains, n'augure rien de bon.

Elle tendit le médaillon à Javier qui pâlit en découvrant pour la première fois les traits délicats de Nolwenn.

— *No me lo puedo creer...* [1]

L'aristocrate espagnol saisit immédiatement où Ninon voulait en venir. Il regarda François avec commisération car il y avait désormais peu de chances de retrouver Nolwenn vivante.

— Expliquez-vous ! Pourquoi ce médaillon vous fait-il craindre le pire pour ma femme ? gronda l'époux inquiet.

— Tout simplement parce que si cette dernière est la créature innocente et tranquille dont vous me parlez, sans aucun ennemi connu, éloignée de toute manigance et de tout règlement de comptes, il ne reste qu'une seule explication logique. C'est Violette qui était visée mais, pour je ne sais quel motif, ses tortionnaires ont commis une méprise fort compréhensible au vu de l'étonnante ressemblance entre les deux cousines.

— Ils auraient enlevé Nolwenn à la place de Violette, murmura François désarçonné, se reprochant de ne pas y avoir pensé auparavant.

Ninon se contenta de hocher la tête en silence.

1. Je ne peux le croire...

— Pourrait-il exister un autre motif ? demanda Javier.

François réfléchit puis, à regret, fit un signe de dénégation. Cette question, il se la posait inlassablement sans pouvoir y apporter de réponse. Il n'y avait pas de meilleure explication.

— Bientôt, si ce n'est déjà le cas, le commanditaire s'apercevra de l'erreur commise et Nolwenn sera condamnée à une mort certaine, conclut-il d'un air désespéré.

Tous se turent durant le reste du trajet. Arrivés à la demeure de la demoiselle Lenclos, François la remercia pour son aide et la raccompagna à l'intérieur. La courtisane, désolée de ne pouvoir le rassurer, promit de se renseigner auprès de ses relations communes avec Violette. François prit congé. Il était si absorbé par ses sombres pensées qu'il heurta de plein fouet un visiteur dans le vestibule.

— Nom de nom, vous ne pourriez pas faire attention ? s'écria un quadragénaire charpenté qui le toisait, courroucé.

François se contenta de grogner quelques mots et voulut passer.

— Monsieur, vos manières sont celles d'un rustre et vous allez me rendre compte sur l'heure d'une telle désinvolture !

François-Jacques d'Amboise, comte d'Aubijoux, seigneur de Castelnau de Lévis, lieutenant général en Languedoc, gouverneur de Montpellier, chambellan et ami de Gaston d'Orléans, très inquiet du sort réservé à la jeune personne qu'il avait invitée à sa table et venant la réconforter, n'était pas le genre d'homme à se laisser offenser sans réagir et paraissait tout prêt à en découdre. Ninon, alertée par ses éclats de voix, intervint rapidement pour le calmer tandis que François jetait une excuse quasi inaudible sans prendre conscience, dans l'état d'abattement où il se trouvait, qu'il venait de se faire un ennemi dont l'animosité allait lui coûter cher.

5

Début mars 1651

La lourde porte munie d'un guichet s'ouvrait rarement. Ce matin on avait fait passer par l'ouverture une miche de pain bis, une cruche d'eau et un peu de lard. Nolwenn s'était efforcée de manger lentement, mâchant consciencieusement chaque bouchée, hélas elle ne put rien garder de ce qu'elle venait à peine d'avaler. Elle enfouit sa tête entre ses bras et pleura en silence sachant tout cri inutile.

Quand on l'avait menée dans ce lieu pieds et poings liés, après un trajet cauchemardesque ligotée au fond d'une charrette jusqu'à Paris, elle avait vu qu'on l'enfermait dans les profondeurs des ruines isolées d'une ancienne forteresse où ses ravisseurs avaient tout prévu : il n'y avait aucune possibilité de fuite. Désespérée, elle s'était traînée vers l'extrémité du cachot où elle avait déplacé sa paillasse et s'y était laissée tomber pour verser toutes les larmes de son corps sachant qu'elle ne tiendrait pas longtemps à ce régime-là.

Blafarde, exténuée, les cheveux épars et les vêtements en lambeaux, elle faisait peine à voir. Pour lutter contre le sentiment de solitude intense qui l'accablait, elle se mit à prier avec ferveur.

— Dieu de Miséricorde, si ce n'est pour moi, épargnez au moins l'enfant que je porte et qui est innocent de tous péchés.

Les nausées de début de grossesse ne lui laissaient aucun répit. Ce qui l'inquiétait davantage, c'était la toux qui l'assaillait. L'humidité des murailles de pierre qui l'entouraient était extrêmement nocive surtout en pleine rigueur de l'hiver et elle n'avait aucun moyen pour s'en protéger. Elle percevait parfois le bruit de la pluie provenant de l'extérieur en se traînant au plus près de l'étroit soupirail qui laissait poindre la faible lueur du jour à travers ses barreaux, seule source de lumière lorsque ses geôliers ne remplaçaient pas à temps l'unique flambeau de la geôle. La détérioration de son état de santé ne semblait guère les émouvoir. Ils l'utilisaient au contraire comme moyen de pression pour obtenir les informations qu'elle était censée posséder. À ce stade, Nolwenn aurait avoué n'importe quoi, seulement voilà, elle n'était pas Violette de Goyon et ne savait absolument pas où se trouvaient les courriers exigés par ses tortionnaires. Au début, elle avait été correctement traitée puis comme elle n'avait rien révélé, et pour cause, ses conditions de détention s'étaient durcies. L'infâme Crochu l'avait même violemment giflée lors du dernier interrogatoire et, depuis, elle redoutait qu'il ne découvre sa grossesse, convaincue qu'il n'hésiterait pas à menacer la vie qui croissait chaque jour en elle pour la faire parler. Terrorisée, l'infortunée prisonnière avait la conviction qu'elle allait périr dans son cachot seule, comme un animal.

Comment François pourrait-il la retrouver ? L'unique chose qui la retenait de se laisser mourir était de savoir qu'au creux de son ventre un petit être s'accrochait à ce début d'existence difficile. Elle devait en son nom réprimer l'envie grandissante d'abandonner cette lutte perpétuelle contre le froid, la faim et le désespoir.

Souvent, dans les moments de profond découragement, lorsque l'image de François ne suffisait plus à l'aider à survivre, elle se forçait à se remémorer les détails de la terrible scène à jamais gravée dans sa mémoire du sacrifice de sa cousine en sa faveur.

L'arrivée de Violette à Mont Menat l'avait stupéfaite car elles n'avaient échangé que de simples banalités lors de leur brève rencontre. Elle se souvenait vaguement de cette cousine aperçue lors de réceptions données du temps où sa mère vivait encore avant que son père, veuf, cesse toutes mondanités, les jugeant déplacées et surtout ruineuses. Nolwenn s'était même inquiétée de devoir renouer avec une relation familiale qui pouvait se révéler dangereuse au vu du passé de proscrit de François, elle qui ne gardait comme seul lien avec sa région natale qu'un échange épistolaire avec sa sœur. Violette avait su la rassurer en ne posant aucune question et toutes deux avaient tissé une affinité quasi immédiate, chacune éprouvant l'impression de trouver en l'autre une sœur de cœur longtemps attendue. Nolwenn avait confié ses espoirs de grossesse à sa cousine et Violette en avait été touchée. Le matin de la tragédie, elle était venue la rejoindre dans sa chambre et avait déclaré en riant que son François était vraiment fou d'elle. Étonnée, Nolwenn apprit que l'espiègle avait voulu le tenter pour mesurer la force de son amour et en avait été pour ses frais, ce qui la ravissait. Un tantinet choquée par le procédé, Nolwenn finit par admettre la logique de sa cousine et se réjouit d'avoir un époux fidèle.

Le drame survint peu après que François fut parti en promenade, comme à son habitude, laissant l'après-midi aux deux confidentes pour leurs interminables tête-à-tête. L'assaut mené par les agresseurs avait été d'une rapidité et d'une brutalité inouïes. Alertées par les cris émanant des offices, les deux cousines n'avaient pu qu'assister, terrifiées, à l'assassinat de la chambrière de Nolwenn. Le meurtrier, un démon aux mains brûlées ressemblant à des serres, avait demandé qui des deux était Violette de Goyon. Ne recevant pas de réponse, il s'était énervé en hurlant qu'on les attendait à Paris et que la gueuse en question avait intérêt à se dénoncer, puis, saisissant Nolwenn, il lui avait ordonné de décliner son identité. La malheureuse, en s'exécutant, avait provoqué les ricanements du soudard.

— Dans ce cas, tu ne m'intéresses pas, jeta-t-il, et, se tournant vers Violette, il avait ordonné à l'une de ses brutes de l'emmener et de l'installer sur un cheval. Je vais m'occuper de celle-ci en attendant, s'esclaffa-t-il tout en posant ses ignobles griffes sur la jeune aristocrate.

Violette comprit qu'il allait violer sa cousine avec autant de plaisir qu'il en avait pris à étrangler la petite servante. Pour tout dire, elle enviait Nolwenn : sa fraîcheur, son mariage d'amour, sa position sociale… Mais l'idée que par sa faute on martyrise celle qui l'avait accueillie à bras ouverts, sans méfiance, et qui portait probablement en son sein un enfant fut insupportable. Elle avait un choix à faire et il fut rapide.

— Tu te trompes, maraud, je suis la maîtresse de ce domaine et il va t'en cuire lorsque tu devras rendre des comptes à mon époux.

Le Crochu lâcha immédiatement Nolwenn et empoigna la femme courageuse qui lui faisait face.

— Ah, tu t'y crois encore, toi, à donner des ordres ! Viens, je vais t'apprendre à te taire.

Entraînant Violette sur le lit, il arracha ses vêtements puis la pénétra brutalement tandis que sa victime restait sans réaction sous les yeux horrifiés de Nolwenn. Son affaire rapidement exécutée, agacé de l'absence de résistance manifestée par sa proie, il décida de la livrer à ses hommes. Violette se débattit alors avec l'énergie du désespoir et mordit un de ses assaillants. Celui-ci, furieux, lui mit un coup de couteau dans l'abdomen sans autre forme de procès et lacéra sa poitrine avant que ses acolytes ne parviennent à le stopper.

— Nom de Dieu, tu l'as refroidie ! grogna le Crochu. Abruti, on va avoir le mari sur le dos maintenant. Allez, on se replie. Où est passée cette maudite femelle ?

Nolwenn, profitant de la confusion, s'était enfuie dans le couloir et, comme une enfant apeurée, avait tenté de se dissimuler derrière une tenture sans grand succès. Le Crochu, dès qu'il l'avait extraite de sa cachette, l'avait rudement souffletée en hurlant qu'elle n'avait plus intérêt à mentir et qu'elle avait de la chance qu'on la voulût intacte. Incapable d'envisager ou bien même de concevoir l'abnégation de Violette en faveur de sa cousine, il repartait convaincu de ramener la bonne drôlesse, Nolwenn ne le contredisant pas afin de sauver sa vie.

Quand elle sentait le désespoir la gagner, elle se remémorait ces terribles instants où Violette s'était sacrifiée pour elle et son futur bébé. D'habitude, cela lui permettait de surmonter l'épreuve, pas cette fois-ci. La mort paraissait désormais être la seule échappatoire, elle ne supportait plus sa captivité. Prostrée, elle n'entendit pas la lourde porte s'ouvrir.

— Réveille-toi, gredine, on t'amène de la visite.

Aveuglée par l'éclat des torches des brutes qui lui faisaient face, elle finit par apercevoir qu'ils tenaient fermement un grand gaillard couvert d'ecchymoses dont le sang commençait à rougir le sol du cachot.

— Corbleu, Augustin, tu ne dis pas bonjour à ta maîtresse ?

L'homme entravé fut projeté à ses pieds. Nolwenn devina qu'il s'agissait du valet de sa cousine, seul être en qui elle avait vraiment confiance. Ce dernier tenta de parler malgré une mâchoire en mauvais état.

— Mademoiselle Violette… je suis désolé… ils ont la cassette.

Le serviteur voulut saisir la main de la jeune femme mais ses tortionnaires le tirèrent en arrière. Pour briser sa résistance et terrasser son gabarit hors norme, il ne fallut pas moins de cinq gardes-chiourmes.

— À nous la garce, siffla le Crochu d'un air entendu. Comme tu vois, ton larbin a récupéré ta boîte chez la Lenclos. Nous, ce qu'on veut, c'est les lettres à l'intérieur. Y a que toi qui sais l'ouvrir. Alors c'est simple : soit tu le fais maintenant, soit je lui fracasse le crâne.

Sur ce, il colla le coffret entre les mains de sa prisonnière. Nolwenn reconnut le « jeu de dupes » dont avait parlé sa cousine, objet secret censé lui servir d'assurance-vie en cas de difficultés. Son regard se posa sur le géant qu'on maintenait à terre. Elle n'avait aucun moyen de le sauver, elle ne savait pas déverrouiller la clepsydre.

— Comment on ouvre cette saloperie, dépêche-toi !

— Je l'ignore, murmura-t-elle, complètement défaite. Je suis Nolwenn de Rohan Montauban, je n'ai aucune idée de la manière dont on se sert de cet objet.

À terre Augustin releva la tête, médusé.

— Qu'est ce que tu me chantes là ! Obéis sinon je lui fais sauter la caboche et la tienne par-dessus le marché, éructa le Crochu en brandissant son pistolet.

Les mains tremblantes, Nolwenn se rendit compte que ses explications ne serviraient à rien et essaya d'indiquer un horaire censé permettre l'ouverture. À peine l'eut-elle fait qu'un petit bruit sec suivit sa tentative. L'acide contenu dans le mécanisme en cas de mauvaise manipulation se répandit en une fraction de seconde détruisant tout ce qui pouvait se trouver à l'intérieur. La captive comprit qu'ils étaient perdus. Elle fit le geste de protéger son ventre et fixa sa pensée sur son époux en attendant le coup mortel de Crochu.

Au même instant Augustin se redressa d'un bond et, poussant un véritable cri de guerre, empoigna son bourreau au collet en commençant à l'étrangler avec ses entraves.

— Ordonne à tes hommes de nous laisser passer ou je te tue !

Crochu déjà bleu ne se fit pas prier. Le valet, tout en maintenant la crapule en otage, prit la main de Nolwenn et réussit à franchir la porte du cachot en la refermant comme il put.

— Montez, je vous suis, dit-il.

La pauvrette grimpa les marches en pierre le plus rapidement possible. Elle fut aussitôt rejointe par Augustin qui traînait toujours Crochu. D'une pichenette il l'envoya valser dans l'escalier.

— Il faut courir, Madame, vite.

Nolwenn, exténuée par la seule montée, souffrait d'un point de côté. La voyant à bout de forces le géant tenta de la porter mais avec ses liens cela se révéla impossible. D'en bas on entendait les bandits enfoncer la porte.

— C'est perdu d'avance. Je ne ferai que vous ralentir et nous serons pris tous les deux. Je suis Nolwenn de Rohan Montauban, prévenez mon époux François... l'hôtel Bessières.

Elle prit conscience, devant l'air perplexe d'Augustin, que ce nom n'évoquait rien pour lui. Le doute l'assaillit : et s'il trouvait porte close ou pire Louise seule ? Où trouver l'aide la plus rapide... Prise d'une inspiration subite elle lança :

— La taverne des Trois Portes, rue Vieille-du-Temple, prévenez Simon le patron... je vais tenter de me cacher, courez, courez !

Le colosse acquiesça vigoureusement de la tête tout en faisant une dernière tentative pour la soutenir, toutefois il dut se rendre à l'évidence : la malheureuse avait raison, elle n'était pas en état de continuer.

— Courage, Madame, je vais revenir avec des secours !

Et il s'enfuit, maudissant Crochu et ses sbires qui l'obligeaient à abandonner ainsi une jeune femme sans défense, priant Dieu qu'il lui accorde de sauver celle qui ressemblait de façon si troublante à sa maîtresse.

6

Début mars 1651
(Suite)

Aux Trois Portes, Simon Lescoffier observait avec inquiétude une table occupée par ses meilleurs clients et amis au centre desquels siégeait le sieur Belfond. Ce dernier désormais n'honorait guère de sa présence son établissement, accaparé à assiéger une citadelle incarnée en la personne d'une avenante mercière, veuve de longue date et à vrai dire toute prête à se laisser conquérir. Le professeur, qui se réjouissait de partager son bonheur neuf avec François et Arnaud, avait le visage sombre des mauvais jours, encore anéanti par le récit de l'enlèvement de Nolwenn et le fait qu'il s'en était fallu de peu qu'Arnaud passe de vie à trépas. Le baron de Saldagne jouissait fort heureusement d'une constitution solide et, malgré les hauts cris de son épouse, il avait décidé d'accompagner son beau-frère à la taverne cet après-midi-là, souhaitant mettre ainsi fin à sa période de convalescence. Les deux gentilshommes encadraient le distingué helléniste et tous trois offraient les mêmes signes d'abattement, rien ne semblant pouvoir les tirer de l'humeur morose qui les habitait depuis que François leur avait résumé l'entretien qu'il avait eu en compagnie de Javier avec Ninon de Lenclos.

La courtisane les avait invités à souper la veille pour les remercier de l'avoir raccompagnée. L'hypothèse de la méprise sur l'identité de Nolwenn paraissait plus que vraisemblable. Gervais, longuement interrogé, finit par se souvenir, qu'en effet, le Crochu avait usé du « mademoiselle » à l'encontre de Nolwenn, confirmant leurs craintes. Ninon, qui avait eu les lettres codées entre les mains, les amplifia en révélant le symbole qu'elle y avait lu et reconnu : le nombre 26 au-dessus d'ondulations évoquant la mer, signe dont Violette avait révélé la signification, très fière de partager ce secret contenu dans les échanges épistolaires entre la reine et son correspondant ainsi désigné : le cardinal en personne. L'insensée aurait-elle eu l'audace de vouloir faire chanter Mazarin par le biais de courriers volés ? François et Arnaud avaient du mal à y croire. Qu'avait-elle découvert qui expliquerait la tuerie de Mont Menat ? Qu'est-ce qui aurait pu pousser le cardinal à de telles extrémités, lui, homme mesuré répugnant à verser le sang ? Sans les lettres, aucune avancée ne paraissait concevable. Le pire pour François était de savoir le prélat en fuite, hors de portée. Comment aider Nolwenn dans ces conditions ? Était-elle seulement vivante ?

Simon, à leurs mines déconfites, comprit que les nouvelles n'étaient pas bonnes. En voyant pénétrer Javier de San Juan dans sa taverne, il reprit espoir, vite balayé par l'expression taciturne de l'hidalgo. L'Espagnol s'assit à côté d'Arnaud en baissant la tête : malgré ses recherches, il avait été impossible de dénicher Augustin, le valet de Violette, la seule piste restant à leur disposition. Les quatre paires d'épaules affaissées offraient un bien lugubre tableau.

Simon décida de s'arracher à ce sombre spectacle en allant donner un coup de main à son fils qui rentrait les derniers tonneaux qu'on venait de leur livrer. L'humeur particulièrement guillerette de ce dernier l'interpella.

— Dis-moi, c'est de décharger plusieurs tonnes de fûts qui te met en joie comme cela ?

— Certainement pas, simplement voyez-vous ce soir je profite du divertissement.

Simon tourna la tête à la recherche de ce qui pouvait égayer son fils, s'attendant à tomber sur une demoiselle à demi vêtue pratiquant le plus vieux métier du monde, mais rien.

— Attendez, il va repasser, souffla le jeune sommelier en pointant du doigt une silhouette menue qui s'éloignait à petits pas. Ce ne sera que la troisième fois, reprit-il en riant.

Simon vit en effet le drôle de personnage réapparaître au bout de cinq minutes, le temps de faire le tour du pâté de maison. Il faut dire que son manège passait difficilement inaperçu : il marchait à courtes enjambées, accélérait sans raison apparente puis s'arrêtait subitement pour jeter des coups d'œil furtifs de part et d'autre… et repartir. Si son objectif était d'être discret, le chapeau à plumes, trop grand pour lui qui l'obligeait à en relever le bord pour ne pas heurter le mur, achevait de rendre cela inenvisageable. Réprimant son hilarité, Simon s'empressa de regagner l'intérieur et fila directement à la table des tristes sires.

— Chevalier, il y a le conseiller Broussel qui fait les cent pas dehors. Je crois qu'il vous cherche.

— Qu'il vienne nous rejoindre !

— Je ne suis pas sûr que cela soit dans ses projets immédiats, fit Simon en ne pouvant s'empêcher de pouffer, ce que François trouva déplacé.

Il changea d'avis lorsque, sortant de la taverne, il tomba nez à nez avec le frêle vieillard qui, pour avoir relevé trop tard son couvre-chef, le percuta violemment.

— Monsieur le Conseiller, vous allez bien ?

— Chut, moins fort, vous allez ruiner tous mes efforts. Je suis là incognito, morigéna-t-il François à voix basse.

Puis, énervé et perplexe, il haussa le ton :

— Comment diable m'avez-vous identifié ?

Le gentilhomme essaya de garder son sérieux. Célèbre parlementaire, héros du peuple dont l'arrestation par la régente avait causé la mise en place d'une multitude de barricades à travers la capitale, libre penseur aux idées républicaines, ennemi juré d'un Mazarin détesté, Broussel était connu et reconnu par tout Parisien digne de ce nom.

— J'ai eu grand mal à le faire avec ce chapeau.

— Ingénieux, n'est-ce pas ? Je peux voir sans être vu, répliqua l'audacieux se mettant *in petto* à faire une démonstration de son art du plié déplié.

Sentant que ses zygomatiques ne resteraient plus très longtemps sous son contrôle, François pressa l'apprenti espion de se mettre à couvert à l'intérieur. Leur arrivée déclencha les fous rires irrépressibles de Simon et de son fils qui faisaient mine de s'affairer derrière le bar. François voulut présenter

Broussel à Javier lorsque le petit homme l'interrompit sèchement :

— Pas de nom, personne ne doit savoir que je me trouve avec vous. Je suis pour cela venu à pied depuis mon domicile...

Appréciant le silence religieux qui accueillit sa révélation, bombant le torse, fier de son exploit, il grimpa sur une chaise et demanda à boire. Arnaud le servit volontiers.

— J'ai des informations de la plus haute importance à vous confier...

Le parlementaire ne put continuer. Au comptoir, Simon tentait de calmer un individu agité qui venait de débouler d'on ne sait où. L'apercevant, Broussel faillit tourner de l'œil.

— Mon Dieu, c'est lui... Il me suit à la trace. Je croyais pourtant l'avoir semé, gémit-il.

Comme pour confirmer ses propos, le gaillard, repérant leur table, se précipita vers eux tandis que sa main disparaissait sous sa camisole. Immédiatement les gentilshommes sortirent leurs épées. Arnaud passa devant Broussel et Belfond, François faisant face à l'assaillant pendant que Javier le prenait à revers. Le conseiller se mit à hurler à pleins poumons :

— Capturez-le, capturez-le !

Paniqué par ses cris, l'homme, pris en tenaille, tenta de s'échapper en montant à l'étage. Javier le rejoignit sur le palier en quelques foulées et baissa son arme en geste d'apaisement mais le colosse, mû par l'énergie du désespoir, l'assomma d'un seul coup de poing. En voulant éviter la riposte de François qui venait à la rescousse, le lascar perdit l'équilibre, fracassa de tout son poids la balustrade et tomba dans la salle sur la table sous laquelle s'étaient réfugiés le parlementaire et le professeur. François descendit l'escalier quatre à quatre avant qu'il ne puisse se relever pour se retrouver nez à nez avec un Broussel au bord de la crise d'apoplexie, chapeau aplati, persuadé que le géant venait de tenter de l'assassiner en l'écrasant de tout son poids.

— C'est comme cela que vous me protégez ! Sacrebleu, on ne se bagarre pas ainsi sans se préoccuper de ce qui se passe en dessous ! vociféra-t-il, totalement outré, alpaguant énergiquement la manche du chevalier qui, stupéfait, tenta de rattraper leur assaillant tout en écartant le conseiller avec, puis sans ménagement.

Le gaillard, que rien ne semblait pouvoir abattre, s'était déjà redressé et se taillait un chemin vers la sortie à coups de chaise brandie comme une hache, ce qui en dissuada plus d'un de se mettre en travers de sa route. Javier, ayant repris ses esprits, descendit en trombe en criant :

— *Basta ya, dejenlo por el amor de Dios* [1] *!* Messieurs, c'est le valet de Violette…

Augustin qui, soulagé d'avoir réussi à trouver la taverne indiquée par Nolwenn, n'avait rien compris à l'accueil qu'il avait suscité, sentit qu'on allait enfin l'écouter et s'effondra à l'entrée de l'établissement où Simon et son fils l'attendaient, gourdin en main, à vrai dire ravis de ne pas avoir à en découdre avec un tel hercule.

Malgré les vives protestations de Broussel, convaincu qu'on épargnait son assassin, les trois

1. Arrêtez, laissez-le pour l'amour de Dieu !

gentilshommes l'aidèrent à s'asseoir et lui servirent une chopine pour le remettre de ses émotions et entendre ce qu'il avait à dire.

— Je cherche Monsieur de Rohan Montauban, parvint à articuler Augustin.

— Vous l'avez devant vous, mon brave, confirma Javier. Vous savez qui je suis, n'est-ce pas ?

— Monsieur de San Juan, vous êtes là vous aussi ? Je ne vous avais pas reconnu dans tout ce chambardement.

— Il faut avouer que moi non plus, mon brave, surtout avec votre visage tuméfié.

Le valet reprenant réellement ses esprits s'écria :

— Vite, il faut aller aux ruines de l'ancienne forteresse sur la route de Vincennes ! Votre épouse y est peut-être encore...

— Nolwenn, elle est en vie ?

— Oui, du moins tout à l'heure... Des hommes la retenaient prisonnière... j'ai pu m'enfuir avec elle mais la pauvre dame n'a pas pu m'accompagner dans ma course, que Dieu me pardonne, j'ai dû la laisser là-bas, elle devait se cacher à côté des ruines.

— Viens, François, dit Arnaud, je vois où c'est, allons-y immédiatement. S'il y a une chance de l'y retrouver...

— Professeur, je vous confie notre homme, déclara François avant de partir en hâte avec son compagnon d'armes suivi de près par Javier.

Belfond se retrouva assis entre Broussel et Augustin qui se regardaient en chiens de faïence.

— Vous me filiez, cela vous ne pouvez le nier, attaqua le conseiller.

— Monsieur, je ne vous filais pas, je cherchais simplement l'adresse de cet établissement et nous aurions gagné un temps précieux si vous ne vous étiez pas mis à hurler à la mort en m'apercevant !

Belfond, désirant mettre fin à la querelle, demanda à Augustin des précisions concernant l'état de Nolwenn.

— Elle est très faible... La malheureuse ne pouvait pas courir. Elle m'a ordonné de l'abandonner... Il n'y avait pas d'autre solution, il fallait que j'aille chercher du secours.

Augustin prit sa tête à pleines mains, assailli par la culpabilité. Belfond tenta de lui remonter le moral, en vain, et imposa le silence à Broussel qui se mit à maugréer dans son coin. L'attente parut longue avant le retour des trois gentilshommes à la nuit tombée et, à leurs visages fermés, on devinait l'échec de leurs recherches.

— Alors ? risqua le professeur.

— La forteresse a en effet été utilisée comme lieu de détention. Nous avons cherché longuement aux alentours : rien, pas trace de Nolwenn, répondit Arnaud.

François, très crispé, avait la mâchoire contractée des mauvais jours. Il se força à rester calme en réclamant à Augustin de tout lui raconter, cette fois-ci en détail. Le colosse s'exécuta puis ce fut le silence. Belfond voulut se montrer optimiste :

— Nolwenn est vivante, c'est le plus important, non ?

François réagit violemment en abattant son poing sur la table.

— Qu'en savez-vous ? Le coffret contenant les lettres a été détruit et avec peut-être l'unique espoir de la revoir. Ils connaissent leur méprise maintenant... Si nous avions ces maudits courriers, nous aurions une monnaie d'échange mais là nous n'avons rien, rien !

Le professeur, blême, ne pouvait le détromper et se reprocha sa maladresse.

— Si seulement Violette m'avait fait confiance je l'aurais aidée et surtout dissuadée d'utiliser ces maudits écrits qui ont causé sa perte ! laissa échapper Javier.

Augustin se figea en saisissant la signification de ses propos.

— Mademoiselle de Goyon est morte ? gémit-il, de grosses larmes se mettant à inonder ses joues.

— Oui mon brave, j'en suis désolé, votre maîtresse est décédée alors qu'elle avait trouvé refuge chez sa cousine, mon épouse Nolwenn, dans nos terres d'Auvergne, intervint François. L'homme auquel vous avez échappé, le Crochu, l'a assassinée et a mis à sac Mont Menat. Leur ressemblance a entraîné par erreur l'enlèvement de ma femme. Maintenant que ces criminels savent la vérité, elle ne leur est plus d'aucune utilité… Ces lettres représentaient notre seule chance de lui éviter le pire et elles ont été détruites sous vos yeux.

Augustin comprit mieux ce qui s'était joué dans le cachot où il avait rencontré Nolwenn et la colère de leur tortionnaire. Sa maîtresse disparue, il n'était plus nécessaire de se taire d'autant qu'il y avait encore l'espoir de sauver la jeune femme qu'il avait dû laisser aux mains de l'abominable Crochu et de ses acolytes.

— Ce n'est pas exact, Monsieur, déclara Augustin en fouillant sous sa chemise avant d'extraire un petit paquet à l'aide d'un couteau utilisé pour en défaire les coutures. Ma maîtresse m'avait montré le mécanisme aussi lorsque j'ai dérobé le coffret chez Madame Lenclos, après m'être laissé enfermer le soir dans l'office, j'en ai retiré les lettres comme elle m'avait demandé de le faire avant son départ. Quand on m'a capturé je n'ai rien révélé, espérant que Mademoiselle Violette monnayerait sa liberté en échange des missives cousues dans mon plastron. Comme je me suis aperçu que ce n'était pas elle…

— Dire la vérité à ses soudards pour la protéger ne vous a pas effleuré ? intervint Broussel, acerbe.

— Ils se seraient emparés des courriers et nous auraient tués tous les deux, s'emporta le géant.

François ne les écoutait plus, il saisit les documents et les ouvrit avec empressement. Rapidement, il les repoussa, découragé.

— C'est illisible : ce ne sont que des lettres, des chiffres et des symboles. Vous possédez le code ? demanda-t-il à Augustin.

Ce dernier, malheureux, hocha négativement la tête.

— Permettez, dit le professeur en sortant ses lorgnons et en examinant avec attention les lettres, ravi d'être capable de se montrer utile. François, les codes sont ma marotte et je pense être en mesure de déchiffrer celui-ci. Voyez, des jeux de signes se répètent : ces 26 par exemple avec leurs ondulations.

— Celui décrit par Mademoiselle de Lenclos désignant Mazarin ? l'interrogea Arnaud.

— Oui, c'est bien cela. L'auteur de ces lettres a utilisé le grec, le latin et un chiffrage peu sophistiqué, du moins pour celle-ci. Donnez-moi quelques instants.

— Moi je peux vous en dire plus et immédiatement, s'exclama Broussel.

Cinq paires d'yeux se braquèrent sur lui.

— C'est pour cela que je suis venu ici discrètement. J'ai appris par le père de Sylvaine l'enlèvement de votre épouse, François, et votre traque menée à l'encontre d'un individu qu'on surnomme le Crochu. Il se trouve que je connais l'oiseau, du moins de réputation. Depuis la fuite de Sa Majesté à Saint-Germain nous faisons espionner le Sicilien et je sais de source sûre qu'un de ses sbires, qu'il a utilisé pour de basses besognes, porte ce sobriquet à cause de ses mains brûlées qui ressemblent à des serres…

— Je n'arrive pas à croire qu'un homme comme le cardinal soit mêlé à une aussi sombre histoire, intervint Arnaud.

— C'est que vous ignorez l'ampleur de sa noirceur, répliqua sèchement le parlementaire furieux d'être interrompu. Comment la reine a pu se laisser séduire par un tel paltoquet, c'est un mystère ! Je vous l'affirme, un seul être est en mesure d'incarner un régent digne de ce nom, c'est le prince de Condé et je m'y emploierai de toutes mes forces quitte à m'allier à Gondi pour faire déposer Anne d'Autriche. Je vous jure que jamais plus le royaume de France ne sera dirigé par un étranger comme ce filou ! Je ferai en sorte que le Conseil du roi ne soit plus à portée d'aucun cardinal et je compte en faire la demande à la reine devant le Parlement, vous verrez. Nous n'aurons plus à souffrir d'être gouverné par un menteur, un voleur, une fripouille, un…

— Pas un assassin, s'exclama Arnaud. On peut reprocher beaucoup à Mazarin concernant son enrichissement personnel cependant c'est quelqu'un de mesuré loin des excès de Richelieu et, pour l'avoir côtoyé, je ne l'imagine pas dans le rôle que vous lui attribuez, d'autant moins lorsque l'on sait que notre famille l'a toujours protégé en le servant loyalement et qu'il la considère comme une alliée... Jamais il n'enverrait une troupe de spadassins attaquer l'un de nos domaines.

— Tout dépend sans doute de l'enjeu, intervint le professeur.

— Vous avez réussi à déchiffrer le texte ? s'enquit François avec ferveur.

— Pas mot à mot, toutefois je suis en mesure de vous dire de quoi il s'agit... Et c'est de nature à justifier bien des meurtres.

François, d'un geste nerveux, l'encouragea à continuer, pourtant Belfond ne s'exécuta pas.

— Il me faut plus de temps pour être sûr de mes dires. Ne croyez-vous pas qu'il serait préférable de faire raccompagner chez lui Monsieur le conseiller qui a certainement besoin de repos après être venu nous donner de si précieux renseignements au péril de sa vie ?

Le petit bonhomme acquiesça vigoureusement, pas fâché qu'on reconnaisse son mérite, puis se tassa légèrement, un peu inquiet de s'être ainsi laissé emporter publiquement en révélant ses projets, et devant un fidèle de la régente par-dessus le marché.

— Javier, tu te charges de reconduire notre ami ? demanda Arnaud.

— *Si claro*[1], dit ce dernier en se levant. Je vous trouve un fiacre et ferai l'escorte avec plaisir.

Le baron fit alors un signe à Simon qui accourut.

— Pouvez-vous faire monter ce blessé dans une de vos chambres ? Il a besoin de soins et de repos, dit-il en désignant Augustin.

— Tout de suite, s'empressa de répondre l'aubergiste, heureux de rendre service.

Le valet, choqué par l'annonce du décès de sa maîtresse, bourrelé de remords vis-à-vis de Nolwenn et tout endolori, se laissa emmener comme un enfant par les brus de Lescoffier. Il ne cessait de répéter « Mademoiselle Violette est morte, Mademoiselle Violette est morte… » complètement traumatisé par sa disparition car il éprouvait pour sa maîtresse un attachement réel. Elle l'avait surpris un soir, après qu'il se fut introduit chez elle par les toits, tentant de dérober ses bijoux. Au lieu de se servir du charmant pistolet offert par un admirateur, elle l'avait convaincu d'entrer à son service, persuadée qu'une telle force de la nature avec ses dons de monte-en-l'air pourrait se révéler utile et tous deux s'étaient entendus à la perfection, le géant ayant grâce à elle retrouvé le droit chemin sous un toit où il faisait bon vivre avec une maîtresse généreuse dont il devint l'ange gardien attentif.

Javier revint rapidement annoncer que le carrosse de Monsieur le conseiller l'attendait à l'extérieur. François remercia Broussel pour son aide et le septuagénaire le serra avec émotion contre son torse frêle. Il n'oubliait pas que le jeune homme

1. Oui, bien sûr.

l'avait autrefois extirpé d'une situation périlleuse [1] et gardait pour l'ancien protégé de Sylvaine, tendre complice vivement regrettée, un véritable attachement. Après son départ, François et Arnaud laissèrent à Belfond le temps d'étayer ses conclusions. Puis François n'y tint plus et lança :

— Qu'y a-t-il de si compromettant dans ce document ?

Belfond retira son pince-nez et se pencha vers eux en baissant la voix afin que nul ne surprenne ses paroles :

— Rien de moins que la remise en cause de la filiation de Louis-Dieudonné, futur roi de France.

---

1. Voir *L'héritier des pagans*.

7

Mars 1651

La révélation du contenu de la première lettre décryptée par le professeur avait véritablement bouleversé Arnaud et François. Remettre en cause la filiation du futur monarque était inimaginable et surtout extrêmement dangereux. Les trois hommes avaient immédiatement quitté les Trois Portes pour pouvoir approfondir la question à l'abri des oreilles indiscrètes derrière les lourdes grilles de l'hôtel Bessières.

Belfond était décidé à travailler toute la nuit pour déchiffrer un à un les documents. Rien qu'à l'idée qu'un tel scandale, s'il éclatait, puisse donner le pouvoir à Gaston d'Orléans, oncle du roi, dans des circonstances qui affaibliraient considérablement la France et aggraveraient le conflit avec l'Espagne, ses moustaches se hérissaient d'indignation. Les trois comparses souhaitaient donc s'enfermer dans la bibliothèque. Louise, en les accueillant, avait poussé de hauts cris en constatant l'heure tardive et l'état d'épuisement de son époux. Après l'échauffourée de la taverne, sa plaie s'était rouverte et il saignait de nouveau. Elle tenta de se contenir devant Belfond, mais elle lançait des regards peu amènes en direction de François. Arnaud la prit un instant à part.

— Ma mie, vous voilà tout agacée et pour rien je vous assure. Un bandage neuf et j'irai parfaitement bien.

— Vous deviez juste faire une courte sortie et voilà que vous vous battez, ce n'est point raisonnable. Et François…

— N'a rien pu faire pour éviter cette bagarre. Allons ma douce, cessez vos lamentations, ce n'est rien de plus qu'une légère blessure. Je comprends que vous ayez apprécié cette période où vous pouviez me dorloter à loisir seulement je suis sur pied maintenant et je dois reprendre mon service auprès de Sa Majesté et plus que tout aider votre frère qui se débat en plein cauchemar.

Louise rougit ayant subitement honte de sa réaction.

— J'ai si peur pour vous.

— La peur mon aimée ne nous prémunit pas du danger. Je sais que la perte de notre bonheur à venir vous a profondément affectée, pourtant il faut croire en la vie, nous l'aurons, cet enfant tant désiré, et votre belle-sœur en sera la marraine.

Louise le contempla, émue, consciente du bonheur d'être liée à un homme de cette qualité qui, comme toujours, savait trouver les mots justes.

— Vous avez raison. Je dois arrêter de me torturer, d'autant qu'il faut nous concentrer pour l'instant sur les recherches concernant Nolwenn.

— C'est cela, mon cœur, votre frère a besoin que nous le soutenions dans l'épreuve et c'est ce que nous allons faire.

— Plus de jérémiades, promit-elle en souriant. Je retourne au chevet de Père dès que j'aurai prévenu Malo de votre arrivée, il vient juste de revenir pour une courte permission et n'a pas voulu aller se coucher. Depuis qu'il sait que François est de retour, il a hâte de le voir.

— Lui avez-vous parlé de Nolwenn ?

— J'ai pensé que c'était à François de le faire ; toutefois je l'ai averti qu'il était arrivé un malheur.

— Vous avez eu raison. Dites-lui de descendre. Mais avant…

Arnaud la prit par la taille pour déposer un baiser sur ses lèvres et Louise se lova entre ses bras ayant hâte de retrouver leur intimité. Arnaud rit en constatant l'émoi de sa femme et la serra contre lui avant de la laisser franchir le pas de la porte.

Ce n'est que lorsque celle-ci fut refermée qu'il appela un valet à la rescousse, grimaçant de douleur, pour qu'il le soigne et apporte un verre d'alcool afin d'estomper l'élancement de son épaule devenu insupportable. Même dans son état il entendit Malo se précipiter au rez-de-chaussée pour pouvoir enfin saluer son cousin. L'adolescent dut cependant se contenter d'une rapide accolade avant que François ne lui apprenne la tragédie de Mont Menat. À l'annonce de la disparition de Nolwenn, le garçon fit un effort intense pour ne pas se laisser aller à une trop forte émotion. La jeune femme, malgré leur faible différence d'âge, incarnait dans son cœur une figure maternelle et la perdre après avoir déjà enterré sa véritable mère ainsi que sa mère adoptive était insupportable.

— Dis-moi comment je peux t'aider et je le ferai ! demanda-t-il avec toute la fougue de ses dix-sept ans.

— Je n'en doute pas. Néanmoins, malgré ta valeur, tu es trop inexpérimenté pour pouvoir agir. Nos adversaires sont redoutables… Tiens-toi à l'écart de tout cela et consacre-toi à tes études, c'est tout ce que je te demande.

Vexé, Malo parut consentir mais se promit qu'il ne resterait pas sans réagir alors qu'on s'en prenait à ceux qu'il aimait. Il dissimula sa frustration et se contenta de dire bonjour à Belfond qu'il connaissait bien, ce dernier enseignant dans l'établissement militaire où il était pensionnaire. Puis il alla rejoindre Louise dans la chambre d'Henri, qui fut ravie d'avoir un brin de compagnie pour veiller l'invalide, devinant qu'une fois de plus de sombres affaires occupaient les esprits des hommes de sa vie et que l'adolescent, après le choc de la mauvaise nouvelle, avait besoin du réconfort qu'elle savait prodiguer.

Arnaud, pansé et revigoré, suivit ses amis dans la bibliothèque où la tension était palpable : François faisait les cent pas sous le regard scrutateur de son aïeul - dont le portrait trônait au centre de la pièce - tout en fixant Belfond absorbé par l'examen des documents étalés devant lui, il n'en pouvait plus.

— Par le sang du Christ, que disent ces maudits papiers ?

Le professeur retira ses lunettes et lissa ses bacchantes.

— Pour la première lettre j'y parviendrai si je ne suis pas interrompu. Pour les autres, très complexes, il me faudra beaucoup plus de temps.

— Nous n'en avons pas à notre disposition, Nolwenn est en grand danger…, rugit François en donnant un coup de pied dans une bûche près de la cheminée.

— Nous en sommes tous pleinement conscients, François, t'emporter de la sorte ne nous aidera pas, déclara Arnaud en posant une main réconfortante sur l'épaule de son ami. Allez mon grand, nous allons la sortir de là, je te le jure.

La fureur du gentilhomme retomba d'un coup.

— Veuillez m'excuser. L'attente…

— Nous comprenons parfaitement, déclara Belfond.

— Mettons-nous au travail afin d'y voir plus clair, intervint Arnaud.

Ils s'attelèrent à la tâche et, après une nuit blanche, la première lettre fut enfin intégralement déchiffrée. Son contenu confirmait leurs craintes. C'était une lettre de menaces à peine voilées adressée à Mazarin promettant de révéler le secret de la naissance du jeune suzerain en cas de non-obéissance aux exigences du porteur de la missive. Il y était mentionné que la preuve de l'infidélité de la reine serait dans le cas contraire révélée au grand jour.

— Peut-on réellement apporter du crédit à ces allégations ? questionna Arnaud.

— En temps normal, je n'y aurais vu que de simples ragots, seulement il faut avouer que la tuerie de Mont Menat par un spadassin du cardinal laisse à penser le contraire.

— C'est complètement absurde, n'est-ce pas ? s'insurgea François.

— Malheureusement pas tant que cela, soupira Belfond.

— Ma cousine, Madame de Motteville, m'avait parlé de rumeurs malveillantes concernant la reine, confia Arnaud. Certains osent prétendre que Mazarin et elle sont amants, voire qu'ils ont contracté un mariage secret.

— Balivernes ! s'emporta François. Et même si cela était avéré, de là à affirmer que le cardinal serait le père de, de…

L'idée paraissait tellement énorme qu'il n'arrivait pas à la formuler.

— Vous avez raison, c'est une hypothèse aberrante, opina Belfond, d'autant que si ma mémoire est bonne le cardinal n'était pas à Paris à l'époque incriminée. D'ailleurs le maître chanteur le sait : ce n'est pas lui qu'il accuse du crime de lèse-majesté pourtant le contenu de cette lettre paraît crédibiliser le secret d'État supposé faire trembler Mazarin.

— Je n'y comprends rien. Éclairez-nous je vous prie, demanda François.

— Avant la naissance des enfants royaux la situation de notre suzeraine était des plus délicate. Mariée à un homme qui ne l'aimait pas, coupée des siens et tout particulièrement de son père le roi d'Espagne, affligée d'une belle-mère encombrante qui voulait rester la première Dame de la cour, incapable de mener à bien une grossesse, la pauvre reine paraissait à la merci d'une répudiation ou d'une annulation de son mariage pour stérilité, voire pire… Sa correspondance secrète avec sa famille l'avait mise à la portée de ses ennemis et positionnée sous le joug d'un Louis XIII implacable, furieux et déçu qu'elle ne lui donne pas l'héritier mâle tant désiré. La lettre que je tiens entre les mains accrédite la version selon laquelle Anne d'Autriche, convaincue que l'infécondité de son couple s'imputait au roi seul, serait allée chercher ailleurs le loisir de mettre au monde un enfant.

— Comment cela serait-il possible à la cour où tout le monde épie tout le monde sans que cela ne se sache ?

— À vrai dire, répondit Arnaud, il y a eu une époque où cela a beaucoup fait jaser. Ma tante s'en était inquiétée car la position de la reine devenait périlleuse.

— Et quel est donc le fauteur présumé ? interrogea François, pressé d'y voir un peu plus clair.

— Le cardinal de Richelieu, rien de moins, dit Belfond.

Le gentilhomme, abasourdi, n'en revenait pas.

— Si je me souviens de nos conversations passées vous m'aviez pourtant affirmé qu'Anne d'Autriche avait été malmenée par Richelieu, voire persécutée…

— En effet, intervint Arnaud, mais à la cour il se murmurait que ces excès tentaient de dissimuler des sentiments complètement opposés. Au point que la mère du roi, Marie de Médicis, s'en était servie contre son rival pour l'anéantir. Une des propres créatures du cardinal, Madame de Fargis, qu'il avait placée auprès de la reine, avait accrédité cette version, lui donnant d'autant plus de poids.

— C'est ce dont il est question dans la lettre. On y dit détenir la preuve que Sa Majesté aurait accepté que Richelieu conçoive le dauphin qu'un Louis XIII souffreteux ne pouvait procréer. Le courrier est adressé à Mazarin et exige une somme astronomique s'il veut récupérer les documents compromettants en l'avertissant que c'est sa dernière chance d'éviter un scandale retentissant.

— Le cardinal aurait donc envoyé un de ses mercenaires pour enlever Violette à cause de ce chantage ? fit François, perplexe.

— C'est possible, rétorqua Arnaud, songeur. Depuis que je travaille sous ses ordres j'ai découvert un personnage d'une remarquable intelligence, guère enclin à faire couler le sang, toutefois capable de réagir fermement devant la menace. Je pense qu'il est fort probable qu'il ait envoyé le Crochu pour ramener *manu militari* Violette à Paris afin de récupérer ces précieux papiers, après il se serait certainement contenté de la faire enfermer dans un lointain couvent. Il ne pouvait se douter à quel point les choses allaient mal tourner… Et puis le contexte politique l'a obligé à s'enfuir, laissant l'affaire en suspens, ce qui expliquerait qu'on ait gardé Nolwenn captive dans l'attente de nouvelles consignes.

— D'autant que cette hypothèse cadre pleinement avec les dires du conseiller Broussel, conclut le professeur.

— Dans ce cas, il ne me reste qu'à m'adresser directement au cardinal pour lui expliquer la vérité et obtenir la libération de Nolwenn… Arnaud, de ton côté, je te charge de retrouver cette pourriture de Crochu. Quant à vous, professeur, je vous demande de déchiffrer les autres documents, dit François essayant de retrouver sa combativité.

— Je le ferai avec plaisir mon jeune ami cependant, il vous faudra être patient car leur décodage sera vraisemblablement plus ardu et risque de me donner du fil à retordre.

— François, je m'occupe de retrouver cet énergumène, promit Arnaud. Mieux, je vais t'offrir l'occasion de mettre la situation au clair avec Mazarin. Certains ministres de la reine : Lionne, Servien et Le Tellier m'ont chargé de trouver un messager pour transmettre des courriers secrets et ramener une réponse. Tu pourras ainsi régler tes affaires tout en restant au service de Sa Majesté.

Arnaud s'approcha de François et le prit fraternellement par la nuque jusqu'à toucher son front avec le sien.

— Courage mon ami, nous délivrerons Nolwenn, je te le promets. Nous avons connu pire, souviens-toi. Aie foi en ta destinée, dit-il avec conviction en resserrant son étreinte.

François sentit son espoir renaître. Il se souvint de cette terrible nuit où il avait éprouvé l'envie de se laisser mourir dans les geôles brestoises réservées aux galériens où Arnaud l'avait soutenu, l'empêchant de se laisser sombrer [1]. Il n'était pas seul, son clan se dressait avec lui et s'il y avait une chance de sauver Nolwenn, il la tenterait jusqu'au bout. Rasséréné, il put se détendre. Belfond, touché par cette scène, sentit vibrer sa corde sensible et cligna maintes fois des yeux pour chasser tout épanchement lacrymal intempestif.

Derrière la lourde porte de la bibliothèque, Malo, l'oreille collée à la serrure, avait tout entendu. Être traité comme un gamin l'horripilait car il se sentait prêt à donner sa vie en échange de celle de Nolwenn. S'il ne pouvait, comme son cousin, partir à la recherche du cardinal, il se faisait fort de retrouver le fameux Crochu. D'autant qu'il avait à sa disposition un atout majeur en la personne d'une

1. Voir *L'héritier des pagans*.

damoiselle très amoureuse qu'il voyait en cachette. La belle avait ses entrées à la cour, pas à la cour de France, ce qui ne lui aurait été d'aucune utilité, mais à la cour des miracles, cette société secrète des rues de Paris dans laquelle il ne serait pas surpris de retrouver ledit Crochu. Sans bruit il regagna sa chambre, sourire aux lèvres, heureux de saisir l'opportunité de se rendre utile, inconscient du guêpier où il allait se fourvoyer.

8

Avril 1651

Après de nombreux jours passés à l'hôtel Bessières à affiner un plan d'action nécessitant la localisation de Mazarin, les adieux entre François et ses proches furent douloureux. Henri, que Louise avait réussi à maintenir éveillé, avait du mal à comprendre que son fils quitte Paris à la poursuite d'un individu pour lequel il n'éprouvait guère de sympathie, dans l'objectif hypothétique de sauver son épouse. Il s'apaisa légèrement lorsque Arnaud révéla le rôle de messager qu'il allait accomplir au service du roi pour immédiatement s'en émouvoir : n'était-ce point trop dangereux ? Le vieil homme avait peur de mourir en l'absence de son héritier, lui qui voyait chaque jour son état de santé se dégrader. Sa condition de simple mortel s'imposait quotidiennement et son âme inquiète refusait d'envisager le décès de ceux qu'il chérissait, ce qui l'effrayait plus que sa propre mise au tombeau. Il redoutait surtout de ne plus avoir de phases de lucidité au retour de François car il avait de plus en plus de mal à s'extraire de cet état d'errance mentale qui l'enfermait plus efficacement qu'un cachot à l'intérieur de lui-même. Louise aussi était angoissée : sur le perron de l'hôtel Bessières, elle tentait une dernière fois de convaincre son frère de ne pas voyager seul.

— François, je vous en prie, faites-vous au moins accompagner par Gervais !

Le domestique s'avança, tellement désireux de porter assistance à son maître qu'il avait déjà préparé son baluchon au cas où ce dernier se montrerait plus raisonnable et l'inclurait dans l'aventure.

François fut touché par le petit visage crispé et fatigué de son aînée qui n'avait pu fermer l'œil de la nuit et par la demande muette de son valet, pourtant c'était décidé, il partait seul. Cela lui paraissait plus discret et surtout il ne voulait pas priver son père d'un serviteur zélé qu'il appréciait particulièrement.

— Louise, ne te préoccupe pas tant, ce ne sera l'affaire que d'une semaine et, avec de la chance, je pourrai enfin faire libérer Nolwenn. Tu sais que c'est primordial pour moi. S'il ne reste qu'un infime espoir, je me dois d'essayer. Gervais sera plus utile à tes côtés, et à ceux de Père, murmura-t-il pour conclure.

Louise ne pouvait qu'approuver. François remercia son serviteur pour son dévouement et c'est un Gervais fort ému qui reprit son poste derrière la chaise roulante d'Henri. Seul Arnaud soutenait inconditionnellement le départ de son beau-frère, persuadé qu'il agissait au mieux pour la Couronne et qu'il fallait tout tenter pour sauver Nolwenn en évitant l'inaction qui désespérait François et risquait de le plonger dans une léthargie mortifère comme celle où il s'était retrouvé à la mort de Sylvaine, son précédent amour.

— Je te souhaite bonne chance, lâcha-t-il après une virile accolade.

Puis ce fut à Malo de s'avancer. L'adolescent aurait adoré accompagner François mais il exprima ses adieux avec retenue, décidé au fond de lui à être en mesure de réserver à son cousin une belle surprise à son retour. François s'était un peu étonné de son comportement énigmatique des derniers jours et avait d'ailleurs demandé à Arnaud de garder un œil sur son cousin craignant ses initiatives hasardeuses de jeune va-t-en-guerre.

Enfin les embrassades sont terminées. Monté sur son alezan, le gentilhomme se retourne une dernière fois pour un ultime salut et franchit les grilles de la demeure familiale avant de plonger dans l'effervescence des artères de la capitale. Habillé de vêtements sombres et ordinaires, il se fond dans la masse, n'ayant emporté que le strict nécessaire dans sa vieille sacoche en cuir tanné, la lettre de la reine étant dissimulée dans la ceinture en tissu qui enserre sa taille, créée spécialement par les mains habiles de Louise pour l'occasion.

À peine les portes de la ville franchies, il mène son cheval à vive allure, pressé du tête à tête qu'il imagine et rejoue chaque nuit. Si le cardinal est le commanditaire de toute l'affaire, il fera en sorte que le prélat comprenne qu'il n'est plus menacé et que la vie reprenne son cours paisible en compagnie de Nolwenn. Mazarin, il le sait, est un homme intelligent, il l'écoutera.

Peut-être serait-il sensiblement moins confiant s'il assistait à la pénible scène qui se déroulait au même instant à Brühl, à près de cinq cents kilomètres de là. L'exilé, fou de rage, venait de repousser brutalement le service doré à l'or fin contenant son déjeuner, propulsant violemment une assiette hors de la table artistiquement dressée, qui alla s'écraser avec fracas aux pieds de Giuseppe Zongo Ondedei. Fidèle parmi les fidèles, à la fois confident et agent secret, ce dernier était de retour de France où il avait transmis un message à la reine, mettant huit jours au lieu des trois habituels à faire le trajet afin de semer ses poursuivants déterminés à empêcher cette correspondance secrète. Il s'apprêtait à regagner l'Italie, leur patrie natale, fort chagriné de laisser son compatriote et ami en plein désarroi, détresse d'autant plus forte qu'il n'avait pas, comme l'espérait son maître, de réponse à lui remettre.

— Rendez-vous compte, Giuseppe, elle a rappelé Madame de Beauvais, cette intrigante que j'avais chassée de la cour *ad vitam aeternam* et j'apprends, oui, entendez-vous, j'apprends qu'elle se prépare à disposer de mes appartements au palais pour y loger ceux que j'ai mis autour d'elle comme de Lionne !

L'indignation de Mazarin ne connaissait plus de bornes. Moustache tremblante, incapable de se maîtriser, il se laissait envahir par son sentiment d'injustice et d'impuissance accru par ses insomnies répétées engendrées par la goutte, cette maudite maladie qui l'invalidait de plus en plus, l'obligeant à porter des pantoufles pour chausser ses pieds horriblement déformés. La souffrance, le manque de sommeil, l'isolement et la sensation de ne plus rien contrôler semblaient conjuguer leurs efforts pour abattre cet être exceptionnel.

— Je suis perdu, mon ami, perdu ! Sa Majesté m'a oublié, abandonné et ne se comporte pas comme il le faudrait pour hâter mon retour. Si j'étais auprès d'elle, en quelques paroles choisies je saurais la convaincre mieux que ne le feraient mille lettres... Mais je suis coincé ici tandis qu'à Paris mes ennemis instruisent mon procès que la reine laisse mener, se contentant de m'enjoindre à la patience... Je vois bien qu'elle ne permettra pas ma réapparition avant la majorité de son fils. Que faire mon ami, que faire alors qu'ils sont tous là autour d'elle comme une nuée d'insectes à tenter de l'influencer en ma défaveur, tissant fébrilement leur toile d'arachnide, leurs fils m'engluant chaque fois un peu plus pour m'empêcher de riposter. Et elle, elle regarde... Puis-je réellement lui faire confiance ? Ah ! Giuseppe, je l'imagine, prête à présent à écouter leurs calomnies, sensible à leurs critiques, les encourageant peut-être...

Giulio est amer. Il faut dire qu'il a mal vécu sa traversée du désert depuis sa fuite début février et les longues semaines d'errance qui ont suivi. Malgré les intempéries et ses problèmes de santé, il avait réussi à se faire héberger avec ses gens dans des villes tenues par ses alliés : Dieppe, Doullens, Péronne où l'attendaient son neveu et ses nièces sortis en secret du Val-de-Grâce pour rejoindre la cohorte d'inconditionnels qui l'avait suivi avec armes et bagages. Par-dessus tout, l'ordre de son expulsion hors de France avait terriblement atteint le fier ministre, parrain du roi, traité comme un malpropre, sommé de quitter des frontières qu'il avait pourtant su étendre au cours des vingt-deux longues années au service du pays dont on lui refusait désormais l'accès.

Où se réfugier ? Rome, il n'y fallait point songer, le pape Innocent X éprouvait envers son compatriote une rancune tenace pour avoir nié les intérêts de sa toute-puissance en ayant à maintes reprises contré les rois catholiques Habsbourgs d'Espagne et d'Autriche. Rester en France, il ne le souhaitait pas car il ne voulait en aucun cas qu'on puisse prétendre qu'il ait méprisé l'ordre royal lui enjoignant de quitter le royaume. L'invitation de l'électeur-archevêque de Cologne à séjourner dans une de ses résidences située à Brühl dans le confort et la sécurité avait paru le meilleur choix.

C'était avec les honneurs d'un chef d'État qu'il avait franchi les frontières car le respect qu'on lui refusait en France, il l'avait trouvé chez ses ennemis espagnols qui fournirent escorte et passeport. Ils auraient fait plus encore s'il avait daigné écouter leur chant des sirènes ; seulement voilà, Mazarin aimait la France et avait lié sa destinée à celle de ce pays qu'il avait modelé et auquel il voulait rester fidèle.

Arrivé la veille dans sa retraite cossue, il tourne depuis en rond, ne supportant pas d'être éloigné du pouvoir, dans l'incapacité de maîtriser cette angoisse sourde et diffuse qui prend progressivement possession de son âme.

Ce matin, les informations délivrées par son confident confirment ses craintes : ses ennemis s'agitent tout autour d'Anne d'Autriche pour travailler à sa perte. Que deviendrait-il si la reine, préoccupée uniquement par les intérêts de son fils, l'oubliait et le laissait végéter en terre étrangère ? Et si cette femme dont il avait assuré l'éducation politique décidait de se libérer d'une tutelle devenue inutile voire encombrante ? Obligée de faire face seule aux frondeurs, la régente se révélait une élève douée appliquant une technique vieille comme le monde : diviser pour régner. L'édifice patiemment construit pour permettre l'avènement de Louis se ferait au prix de l'effacement de son ancien favori. Mazarin le sait et plus que tout redoute son désamour. Il avait cru pouvoir, à distance, conserver dans l'ombre son rôle de mentor et continuer à gouverner la France depuis son lieu d'exil. Il se rend compte que la reine ne l'entend pas ainsi et que l'éloignement ne lui permet plus de garder son influence sur des événements qu'il ne maîtrise pas et, pis que tout, ne peut être en mesure de comprendre par manque de renseignements et d'échanges en temps réel.

Ses plaintes répétées, il le réalise maintenant, l'ont certainement desservi auprès d'une souveraine affairée à sauver l'héritage de son fils, dans l'obligation de faire des choix rapides aux conséquences graves et n'ayant guère le temps de se laisser aller comme lui aux lamentations et aux jérémiades. Le décalage entre eux ne cesse de croître et l'illustre conseiller qui se croyait indispensable connaît une amère désillusion. Le cardinal doit s'armer de patience s'il veut concrétiser son retour et cela lui est particulièrement difficile.

Soudain il se sent ridicule d'en être venu à briser de la vaisselle comme une rombière en mal d'amour. Giulio finit par se reprendre sous le regard compatissant de son ami.

— Je vous prie d'excuser une attitude indigne du soutien que vous m'apportez en toutes circonstances. Mais voyez-vous, je me dois de l'admettre, elle me manque…

Zongo Ondedei se contente de hocher la tête en silence sachant pertinemment que l'emportement de Mazarin masque mal une peine véritable à l'idée d'être rejeté par celle envers qui il éprouve des sentiments d'attachement réels.

— Le temps joue en votre faveur… Armez-vous de patience. Vos ennemis seraient trop heureux d'apprendre votre désarroi.

— Ceux-là ! Ils m'espionnent continuellement à l'affût de la moindre faiblesse… Vous avez raison, je ne leur donnerai point cette satisfaction. Ils veulent ma perte, eh bien je ne leur accorderai pas ce plaisir, je saurai venir à bout de leurs manigances.

Satisfait de voir Giulio reprendre du poil de la bête, Giuseppe lui tint compagnie pendant qu'il finissait son déjeuner et décida de retarder son départ. Les jours qui suivirent, il s'attacha à remonter le moral du cardinal qui s'améliorait progressivement avec le confort matériel et l'amitié retrouvés.

François, de son côté, ne prenait guère le temps de faire des repas convenables. Il voyageait de nuit, dormant à la belle étoile selon son habitude. Les premiers temps, il avait été très occupé à semer d'éventuels espions, multipliant les changements de direction, choisissant des chemins détournés, compliquant à l'envi son itinéraire pour finalement acquérir la certitude qu'il n'avait plus de poursuivant et que, s'il évitait les mauvaises rencontres, il pourrait prochainement délivrer son message.

Sur son passage, il ne pouvait s'empêcher de compatir au sort des miséreux dont la détresse faisait peine à voir : la population, essentiellement paysanne, loin des fastes et des intrigues de cour, souffrait terriblement. Dans les cimetières, de nombreuses tombes étaient encore fraîches et les faibles naissances n'arrivaient plus, loin s'en fallait, à compenser la multiplication des décès. Lorsque cela était possible, François faisait halte chez l'habitant pour se laver et se ravitailler, choisissant toujours une ferme isolée et partout il rencontrait les mêmes visages fermés. Malgré l'argent qu'il proposait, beaucoup n'avaient plus de tranche de pain ni de bol de soupe à offrir : la cherté du blé entraînait la famine et seuls les plus résistants survivaient. François n'avait pas besoin de parler leur patois dans un pays où le français demeurait peu usité pour percevoir leur détresse, son enfance de paysan breton le prédisposait à la partager et il comprenait la colère de ceux qui s'endettaient dans l'espoir de garder leurs terres au profit de riches bourgeois friands d'hypothèques et d'expropriations. Les intempéries associées aux épidémies, aux exactions des militaires et des mercenaires hors des champs de bataille décimaient les petites gens qui priaient avec ferveur dans l'espoir que les prochaines récoltes soient enfin bonnes. La Fronde était à mille lieues de leurs préoccupations et leur monarque paraissait insensible au malheur qui les frappait si durement.

François joignait ses prières aux leurs. Louis, ce futur roi prometteur, serait-il à la hauteur de son peuple qui avait perdu ses espérances ? Lui avait conservé les siennes intactes : retrouver celle qu'il aime, s'éloigner des intrigues du palais et regagner Mont Menat pour y vivre en toute quiétude en partageant son bonheur avec les villageois et la bonne société des alentours. Pour lutter contre l'angoisse de ne jamais retrouver son épouse, il s'accroche à ses souvenirs, sourire aux lèvres, en se remémorant l'adolescente fière et pleine de vitalité qui osait défier l'autorité de son père pour le rejoindre, s'égosillant à chaque match de soule pour le soutenir, prête à subir les foudres paternelles pour le simple plaisir de danser une gigue. Elle lui manquait tant, celle qui avait su pardonner leur séparation forcée avant d'accepter de devenir sa femme et de renoncer à leur Bretagne adorée, à la mer et aux magnifiques côtes du pays Léon trop dangereuses pour la nouvelle identité de François afin de transformer Mont Menat, terres froides et reculées d'Auvergne, en un lieu où il faisait bon vivre.

Imposant à sa monture un train soutenu, il dépassa Aix-la-Chapelle pour prendre le chemin de Cologne. La demeure de campagne du grand électeur se dressa devant lui au soleil couchant. François décida de dormir avant de se confronter au cardinal.

Aux premières lueurs du matin il se fait annoncer. L'accueil est un peu froid devant son accoutrement toutefois, à la nouvelle d'un courrier de Paris, les domestiques, connaissant leur maître, se hâtent de le prévenir. Ils ont raison : à peine averti, Mazarin enfile rapidement une robe de chambre et sans plus de façon descend à l'office, impatient de savoir de quoi il retourne.

Apercevant François de Rohan Montauban, il s'étonne légèrement mais qu'importe, il veut séance tenante lire la lettre de la reine. François la prend dans sa ceinture et la lui tend, essayant de dissimuler sa surprise devant la mine épouvantable du ministre qui a perdu toute sa superbe passée. Le cardinal s'en empare sans fausse honte ordonnant qu'on serve un généreux petit déjeuner à son messager ; et François, pour la première fois depuis des jours, déguste un vrai repas, en silence, observant son interlocuteur qui, graduellement, semble reprendre des couleurs avant de se mettre également à dévorer les mets délicats posés sur la table, lisant et relisant les mots tracés à la plume par sa reine.

— Je lui manque, je lui manque ! s'écrie-t-il tout enjoué devant un François un brin abasourdi, habitué à beaucoup plus de retenue et de sang-froid chez le prélat. J'ai été injuste envers elle, je vais m'en excuser… Il me faut réfléchir et peser chaque mot employé. Je dois envoyer des consignes précises.

Puis prenant conscience de la présence de son invité :

— Brossez-moi un tableau des derniers événements parisiens je vous prie.

François s'exécute délivrant les informations importantes données par Arnaud.

— Sa Majesté s'emploie à se rapprocher de Condé et lui a accordé le gouvernement de Guyenne, laissant celui de Bourgogne en échange au duc d'Épernon. Elle a aussi modifié les rôles au sein de son conseil ce lundi saint, faisant la part belle aux partisans du prince.

— Parfait, parfait, il redeviendra un allié sur lequel on peut compter.

François ne le détrompa pas, pensant néanmoins que les appétits de Condé ne se limiteraient certainement pas à ce que l'on venait de lui consentir.

— Et les Grands, comment ont-ils réagi à ces changements ?

— Fort mal, Votre Éminence. Le duc d'Orléans était furieux qu'on ne l'ait pas consulté tout comme le coadjuteur qui fit beaucoup de menaces mais rien de concret. Madame de Chevreuse, commença François qui dut se reprendre tellement le nom de celle qui avait perpétré tant de vilenies à l'encontre de sa famille lui était insupportable, a très mal accepté que le prince annule le mariage de son frère Conti avec sa fille et l'affront ainsi fait aux yeux de tous à sa maison. Sa haine la transforme dorénavant en alliée précieuse de Sa Majesté. De cette manière, la fracture entre les condéens et les frondeurs est consommée comme vous le souhaitiez.

— Excellent ! Repartez immédiatement à Paris sans faire trop de détours, assurez la reine de mon profond attachement et félicitez-la de ma part.

Mazarin se mit à écrire quelques lignes sur un parchemin et le tendit au gentilhomme.

— Remettez-lui ceci et informez-la que j'enverrai un courrier détaillé très prochainement. Je sens que je ne vais pas moisir ici trop longtemps.

L'exilé ne pouvait s'empêcher de se frotter les mains de contentement devant de si bons augures. Son esprit enfiévré anticipait déjà son retour dans la capitale.

François ne partageait pas son enthousiasme, persuadé que Mazarin prenait ses rêves pour la réalité. À l'instar d'Arnaud, il était convaincu que la préoccupation primordiale d'Anne d'Autriche était l'avènement de la majorité de Louis et non la réapparition de son favori, toutefois il ne lui appartenait pas de détromper les espérances du cardinal d'autant plus qu'il le souhaitait le mieux disposé possible pour pouvoir aborder le véritable objet de sa visite.

Perdu dans des réflexions redevenues joyeuses, Giulio fut surpris de constater que François restait là, ne semblant pas disposé à prendre congé.

— Eh bien, Monsieur de Rohan Montauban, y a-t-il autre chose ?

— En effet Votre Excellence, je souhaite vous entretenir d'une affaire privée.

— Et de quelle affaire, je vous prie ?

— De la mise à sac de mon domaine de Mont Menat, de l'enlèvement de mon épouse et du meurtre de sa cousine Violette de Goyon.

François eut-il annoncé à Mazarin qu'il pouvait transmuter le plomb en or que le cher homme n'eut pas paru plus interloqué.

— Vous me voyez fâché que de tels malheurs vous touchent, cependant je ne vois vraiment pas en quoi je suis concerné.

François décida d'aller droit au but, on n'était plus à la cour et il n'avait pas le temps de jouer au chat et à la souris.

— Certains documents laissent soupçonner que vous y êtes au contraire intimement lié, d'autant qu'un individu connu pour être l'un de vos agents, surnommé le Crochu, est mêlé à l'histoire.

— Vous êtes mal renseigné, l'énergumène en question ne fait plus partie de mes gens. Il employait des méthodes par trop expéditives et je m'en suis séparé sans regret il y a de cela plus d'un an.

— Votre Éminence, je vais être clair : ma compagne est étrangère à tout chantage qui pourrait vous toucher, aussi je vous demande d'agir pour qu'elle me revienne.

— Alors là, vous me voyez désolé de ne rien comprendre à votre demande.

François, s'efforçant de rester calme, lui expliqua le décodage des lettres et l'horrible atteinte à l'honneur de la reine ainsi qu'à la qualité du jeune roi qu'elles contenaient.

— Ces documents sont une totale aberration et vaudraient, il est vrai, bien des désagréments à leur auteur pour leur caractère injurieux, toutefois en aucun cas pour la pseudo-réalité censée y être dévoilée, s'emporta le cardinal, outré. Notre suzeraine n'a pas eu plus pour Richelieu qu'un comportement de galanterie usuel et son ministre celui d'une politesse appuyée. Je vous garantis qu'elle s'appliquait à dissimuler l'aversion profonde qu'il lui suscitait et pour rien au monde elle ne se serait abaissée à entretenir avec ce dangereux personnage plus qu'une relation forcée de bonne entente, accord de façade nécessaire pour surmonter ses persécutions et l'espionnage permanent qu'il lui a imposé pendant de longues années... De la part de mon prédécesseur un tel procédé ne m'aurait pas étonné seulement je connais ma reine, jamais elle ne s'y serait pliée.

Giulio prit sa canne pour faire quelques pas, réfléchissant tout haut.

— D'autant que vous n'avez pas côtoyé Louis XIII... C'était un être particulièrement soupçonneux qui faisait étroitement surveiller son épouse et il n'aurait pas hésité à prendre des mesures extrêmes au moindre doute.

François dut se rendre à l'évidence : son interlocuteur était sincère.

— Dans ce cas, pourquoi ces lettres ? Et qui est derrière l'attaque de mon domaine ?

— Difficile à dire... Voyez-vous, ce qui m'inquiète dans votre histoire, c'est que l'on s'est donné beaucoup de mal pour vous aiguiller vers moi et que l'auteur de ces billets n'ignorait pas le codage secret que j'utilisais. Nous n'avons donc pas affaire à n'importe qui... Il vous faut découvrir qui a intérêt à vous lancer ainsi sur une fausse piste. La demoiselle de Goyon dont vous m'avez parlé était à la solde d'un maître exigeant et cruel. C'est à lui que vous devez demander des comptes. D'ici je ne vous suis d'aucune utilité et je le regrette... Retrouvez le Crochu et vous aurez vos réponses.

François comprit qu'on venait de le congédier et s'inclina devant le cardinal qui réfléchissait déjà au courrier qu'il allait rédiger pour sa bienfaitrice, fredonnant un petit air joyeux, s'imaginant de retour sous les ors de la salle du conseil du Palais-Royal.

Notre gentilhomme décida de repartir après avoir pris un léger repos. Les mêmes sempiternelles interrogations s'entrechoquaient dans son esprit, l'empêchant de trouver le répit. De qui était-il le jouet ? Nolwenn n'était qu'un pion destiné à se voir sacrifier dans une partie d'échecs dont il ne connaissait pas les joueurs. Lui revint alors en mémoire le nom qu'avait donné Violette au coffret contenant les lettres : son jeu de dupes. Eh bien il ne se laisserait plus manipuler comme il venait de l'être. Si

Violette avait tant tenu à dissimuler cette maudite boîte c'est qu'elle contenait des réponses. Belfond avait certainement eu le temps de finir son travail de décodage, son ennemi invisible devait y apparaître, il allait le forcer à se démasquer.

9

Fin avril 1651

Belfond fronça les sourcils en découvrant le jeune Malo beaucoup plus occupé à scruter l'agitation extérieure par la fenêtre de la salle d'études du lycée qu'à terminer sa version grecque du discours d'Eschine contre Ctésiphon. Manifestement, l'adolescent n'avait que faire de cette perle vieille de deux mille ans née de la colère du grand orateur contre son compatriote athénien qui avait osé vouloir accorder une couronne d'or à Démosthène, son rival exécré. Cela ne surprenait guère le professeur toujours contrit de constater que cette génération d'élèves se montrait peu encline à honorer par ses efforts les sages de l'antiquité avec leurs performances en grec, prouesses ne pouvant évidemment pas égaler celles de son époque…

Le brave homme appréciait toutefois le garçon et admettait que ses talents en mathématiques et aux armes primaient inévitablement sur la matière qu'il enseignait avec passion car, malgré toute l'énergie déployée, on ne le transformerait jamais en distingué helléniste. C'était à vrai dire déjà miraculeux que l'adolescent ait pu intégrer l'établissement après seulement un an d'enseignement intensif et de remise à niveau. On se devait de reconnaître qu'il avait travaillé d'arrache-pied soucieux de faire honneur à son cousin, très désireux de saisir la chance offerte de devenir officier. Malheureusement, malgré de réelles dispositions, son retard en grec était irrattrapable. Tout en lissant ses bacchantes grisonnantes, Belfond s'interrogeait : l'étude qu'il dirigeait étant optionnelle, il ne comprenait pas pour quelle raison Malo s'y inscrivait avec assiduité vu son attrait modéré pour cette matière. Il observait donc ce dernier avec attention, à la dérobée, désireux de percer à jour son petit manège. Le lycéen attendait manifestement un signal donné depuis la rue dans l'unique salle de classe donnant sur cette artère de la capitale. Discrètement, tout en faisant mine de bourrer sa pipe, Belfond s'approcha des baies vitrées. C'est alors qu'il la vit, statique au milieu de la foule, jolie créature enveloppée dans une cape bleutée qui n'avait rien d'une demoiselle, faisant un léger signe de la main en direction de la fenêtre. Indigné, le professeur se retourna, s'apprêtant à tancer vertement l'effronté qui osait ainsi troubler la quiétude de sa salle de classe pour se livrer à cet échange interdit, lorsqu'il repéra que la place de Malo était vide. Se précipitant dans le couloir il perçut le bruit d'une cavalcade dans le grand escalier et réalisa qu'il serait impossible de rejoindre le galopin. Vivement, il fit demi-tour et retourna à la fenêtre, ayant tout juste le temps d'apercevoir son élève rejoindre sa complice avant qu'ils ne disparaissent au coin de la rue. Belfond afficha un calme olympien en ordonnant aux lycéens de reprendre leur travail tout en indiquant qu'un tel comportement était intolérable et qu'il vaudrait à son auteur un châtiment exemplaire. Tous les élèves frémirent, chacun se demandant ce qui avait pu traverser la tête de leur camarade pour qu'il commette pareille vilenie, et aucun ne remarqua le tremblement nerveux qui empêchait le professeur de continuer à lisser ses moustaches avec détachement. L'eurent-ils fait qu'ils auraient cru à la manifestation d'une colère somme toute légitime là où il n'y avait en vérité qu'appréhension et alarme à l'idée des dangers qui guettaient Malo dans les ruelles parisiennes. Belfond avait promis de veiller sur le protégé de François de Rohan Montauban et il se tassait sur sa chaise, anéanti d'avoir failli à son engagement, se le reprochant amèrement. Mon Dieu, mon Dieu, se disait-il, comment annoncer la nouvelle à la baronne de Saldagne, la fragile Louise, elle qui s'était prise d'une véritable affection pour le garçon, heureuse de le compter parmi les familiers de l'hôtel Bessières, et qui se fiait à lui pour prendre soin de l'adolescent en l'absence de François.

Déjà loin, Malo continuait sa course sans se retourner. Il savait que sa conduite serait lourdement réprimandée et qu'il n'échapperait pas au fouet mais il s'en moquait. La seule chose qui lui importait était de retrouver Nolwenn et la présence de Lénora signifiait qu'elle avait des informations importantes à lui communiquer comme elle l'avait promis lors de sa dernière permission. Tous deux couraient à perdre haleine, main dans la main, heureux d'être ensemble. La jeune fille, bifurquant brusquement dans une traverse déserte, poussa Malo sous un porche avant de l'embrasser avec gourmandise.

— Doucement ma mie, je vais mourir étouffé sous tes baisers si cela continue, réussit à murmurer l'éphèbe entre deux bécots.

— Ne serait-ce pas un sort enviable, mon amoureux ?

Malo écarta doucement l'adolescente pour pouvoir l'observer à loisir. Comment résister à cette beauté sauvage : des lèvres pulpeuses, un petit nez mutin, un regard noisette mis en valeur par d'épais sourcils bien dessinés aussi noirs que sa chevelure bouclée contrastant avec une peau dorée révélant ses origines espagnoles... Et comment refuser les élans charnels dénués de toute retenue de son doux corps merveilleusement proportionné ? Quand elle se plaqua de nouveau contre son aine, Malo ne put lutter, et, tout en l'embrassant à pleine bouche, il passa une main sous son caraco pour découvrir deux seins menus aux pointes dressées. Sentant qu'il n'arriverait pas à se contrôler s'ils poursuivaient ainsi, il la repoussa vigoureusement.

— Lénora, pas ici, pas maintenant.

— Mon cœur, tu devrais profiter de ce qui s'offre à toi, moi en l'occurrence, dit en riant la belle d'à peine quinze printemps, néanmoins expérimentée, fidèle à ceux qui jouissent pleinement de l'instant présent, n'ayant nulle certitude qu'il y en aura d'autres.

C'est cela qui fascinait tout particulièrement Malo, cet appétit de vivre insatiable, sans pudeur ni retenue. La première fois qu'il avait aperçu Lénora, elle dansait sur un parvis, divertissant le bourgeois en échange de piécettes. Soulevant ses jupons, virevoltant avec grâce et hardiesse, la charmeuse savait ralentir le rythme pour des figures plus langoureuses qui outraient les dames et rendaient ces messieurs d'autant plus aptes à fouiller dans leurs bourses garnies pour faire voler leur monnaie vers l'envoûtante gitane. Malo rentrait ce jour là dans son établis sement militaire après avoir passé le dimanche à l'hôtel Bessières où Louise et Arnaud l'accueillaient toujours avec chaleur sans toutefois parvenir à lui faire oublier l'éloignement d'avec Nolwenn et François partis vivre à Mont Menat.

— Tu as ici une chance de t'instruire que tu n'auras nulle part ailleurs, avait martelé ce dernier. Grâce aux appuis de ma famille tu peux te mêler aux fils de la bonne société et apprendre le métier des armes qui t'assurera un avenir. Pour un orphelin sans naissance c'est une chance inouïe. Si tu ne la saisis pas tu le regretteras. L'éloignement géographique n'est pas celui du cœur, nous correspondrons régulièrement et tu verras, l'année passera vite !

L'adolescent savait que son cousin avait raison : l'obscur petit paysan avait vu sa destinée transformée par la bonne fortune de François et tenait à s'en montrer digne. De plus la carrière militaire ne lui déplaisait pas, au contraire. Mais il n'était pas facile de s'habituer aux dortoirs et couloirs glacés du lycée où son origine modeste le mettait à part, même s'il avait noué quelques amitiés avec des enfants de nobles familles souvent désargentées qui n'avaient que la carrière des armes pour faire leur chemin.

Cependant l'absence des siens lui pesait et le vide affectif ressenti avait favorisé son coup de foudre pour Lénora. La beauté et la vitalité de la danseuse l'avaient subjugué dès cette première rencontre et quand elle l'avait frôlé pour dérober sa bourse, il était resté bras ballants, comme ensorcelé par la charmeuse qui, amusée, décida d'offrir une pâtisserie au benêt avec le montant de son larcin, attention qui l'avait étonné et ravi, heureux d'être l'objet des faveurs d'une telle apparition. Depuis, dès qu'il le pouvait, il la rejoignait, avide des caresses qu'elle prodiguait sans compter et de l'écoute qu'elle lui accordait, lui permettant d'évoquer son enfance bretonne, ses parents décédés, Marie sa mère adoptive, François... Lorsqu'il avait confié les malheurs qui frappaient sa famille, la bohémienne lui avait offert un réconfort sans pareil et la promesse de laisser traîner ses oreilles dans le cas où le Crochu, habitué de la faune nocturne parisienne, se décidait à réapparaître. Si cela se produisait, elle devait se poster enveloppée d'une cape colorée devant sa salle d'études.

— Lénora, si tu étais là ce soir c'est que tu as du nouveau. Qu'as-tu appris ?

Membre du royaume d'Argot, la fameuse cour des miracles, elle en connaissait toutes les créatures. Cette entité constituée d'emplacements disséminés dans toute la capitale avait pour repaire principal un ensemble de ruelles, labyrinthe boueux et pestilentiel, menant à une place cachée inaccessible aux profanes et où les sergents du guet ne songeaient pas à se risquer. Lénora était orpheline : elle et son petit frère Enzo, âgé de dix ans, étaient des enfants de la rue parlant le blesquin, le jargon des gueux, n'acceptant qu'une seule autorité : celle de leur roi et des cagous, ses capitaines qui régentaient l'univers de tous les bohémiens en une hiérarchie secrète extrêmement structurée.

Chaque soir, après de longues heures passées à mendier, à détrousser, à se faire passer pour paralytiques, malades, estropiés… ces escrocs de tous bords se retrouvaient autour de grands feux de bois et faisaient ripaille en dansant jusqu'à l'étourdissement, heureux de dégourdir leurs muscles endoloris par les postures d'invalides prises le jour pour flouer les passants. Dans cette faune paillarde, seul comptait le plaisir immédiat et on n'arrêtait de guincher qu'à épuisement total ou pour entremêler son corps à ceux des autres.

Quand Lénora avait révélé à Malo le secret des marchés de places où chacun à tour de rôle, contre redevance, exerçait son art, le garçon était tombé des nues. Elle lui avait divulgué l'art du sabouleux qui mâche du savon pour le recracher en magma bulleux et se fait saigner du nez pour simuler le haut mal, les onguents pour imiter les ulcères tout comme les peaux de grenouille collées sur les membres avec du blanc d'œuf pour contrefaire la putréfaction et toutes les escroqueries bonnes à faire cracher au bassinet le bourgeois benêt. Vente d'illusoires reliques, fallacieuses collectes censées être utilisées pour le rachat d'otages chrétiens aux pirates barbaresques, faux miraculés… l'éventail était large. Lénora était d'ailleurs une pickpocket de talent dressée depuis le plus jeune âge au vol à la tire. Malo ne savait pas pourquoi elle l'avait choisi mais s'en moquait, se réjouissant simplement d'être l'élu de la demoiselle et son confident, partageant les secrets de sa caste de canailles, crime de lèse-majesté chez les truands. En vérité, Lénora était tombée amoureuse pour la première fois et elle espérait que Malo leur permettrait de sortir de ce milieu en les libérant, elle et son frère, d'une confrérie cruelle qu'elle n'avait pas choisie et qu'elle abhorrait depuis qu'elle avait appris, en surprenant une conversation, qu'elle et son cadet avaient été enlevés à leurs parents afin de venir grossir le rang des orphelins qui tendaient la main à la sortie des églises. Lénora avait toujours cru être une fille des rues et devoir être redevable envers ceux qui les avaient recueillis, acceptant la fatalité d'appartenir à cette société parallèle et les règles impitoyables qui la régissaient puisque c'était son destin. Découvrir qu'on les avait en réalité arrachés à leur véritable famille pour les exploiter avait bouleversé sa vision du monde. Dissimulant sa rage, elle cherchait un moyen de s'échapper, cachant une partie de ses larcins destinée au paiement du tribut donné à leur roi, être informe dont elle avait dû subir les assauts sans broncher comme tout joli minois de sa cour, ce qui avait sonné le glas de son enfance et engendré sa haine.

Malo avait promis que si elle l'aidait à retrouver Nolwenn, François de Rohan Montauban ferait d'elle une fille libre, aussi ne ménageait-elle pas ses efforts. Et ça y était, elle avait trouvé la trace du fameux Crochu, originaire comme elle des territoires sombres et puants de la porte Saint-Denis, qui aimait y retourner entre ses missions de mercenaire à la solde du plus offrant. Elle décocha un sourire éclatant à son soupirant qui, devant son air satisfait, se mit à la secouer vigoureusement sans s'en apercevoir.

— Tu as retrouvé la trace de ce gueux ?

— Mieux que ça, mon amoureux : je sais où il est en ce moment même.

— Où cela, dis-le-moi, pour l'amour de Dieu !

Lénora remit correctement sa cape sur ses épaules avec un geste plein de grâce faisant comprendre à Malo qu'elle n'appréciait guère d'être ainsi malmenée, ravie au fond de le voir suspendu à ses lèvres. Elle lâcha enfin :

— Il est rue aux Ours à la taverne du Pendu. Je l'ai retrouvé grâce à sa sœur qui est maquerelle dans le quartier des Halles et rebouteuse de renom. Il est venu dernièrement lui demander de l'aide pour soigner quelqu'un, une femme apparemment...

— Nolwenn, s'exclama Malo tout excité. Tu connais le lieu où on la cache ?

— Pas encore. La sorcière l'a suivi et ils sont partis à cheval, je n'ai rien pu faire. Hier je l'ai retrouvée guettant l'arrivée de chair fraîche près des remparts où elle a ses habitudes. Les innocentes qu'elle attire se retrouvent vite à tapiner aux Halles... Là je ne l'ai plus quittée et hier soir le frérot a fait son apparition. Il a dormi chez elle puis s'est rendu à cette gargote qui lui sert de repaire lorsqu'il est en ville. D'après ce que m'a confié une servante, et crois-moi cela m'a coûté la peau des fesses pour faire taire sa frousse à l'idée de me faire ses révélations, il s'y rend tous les quinze jours pour s'entretenir avec un homme qui vient de nuit et s'arrange pour dissimuler son visage. Je suis vite venue au rendez-vous pour te prévenir et j'ai envoyé Enzo le surveiller avec Fifi, son copain manchot.

— Dépêchons-nous de les rejoindre, conclut Malo qui n'aimait pas l'idée de laisser seuls deux gosses face à un individu aussi dangereux.

Le soleil commençait à disparaître à l'horizon et il leur fallait se hâter. Près de la taverne du Pendu pourvue d'une clientèle particulièrement avinée et glauque, les deux tourtereaux firent semblant d'être en affaires amoureuses contre espèces sonnantes et trébuchantes. Lénora jouait parfaitement son rôle de fille de joie occupée à faire boire son chaland et à le convaincre de vider sa bourse en sa faveur. Seul Malo sentait l'effroi de la bohémienne monter à mesure qu'une évidence s'imposait : nulle part il n'y avait trace du Crochu, même pas dans l'arrière-salle réservée aux initiés, pas plus que de Enzo. Oubliant toute prudence, sa compagne repoussa le garçon qui voulait la retenir et se rua sur la servante déjà rétribuée pour ses informations. S'emparant de son bras en la griffant, Lénora siffla entre ses dents, le regard mauvais :

— Où sont-ils ?

La fille de salle prit peur.

— Ils sont partis. Le Crochu, il s'est fait remonter les bretelles par le richard dont je t'ai parlé. Il l'a saisi au collet et ils sont sortis.

Lénora la laissa se dégager. Dans la salle, leur manège n'était pas passé inaperçu. Malo intervint alors d'une voix forte :

— Bon, tu prends soin de moi ma belle ou tu discutes avec ta camarade.

— Tu veux peut-être qu'on s'occupe de toi toutes les deux, renchérit sa complice, ce qui provoqua le rire gras de l'assemblée qui retourna à ses chopines.

Malo dut la soutenir pour sortir de l'établissement car pour la première fois elle semblait avoir perdu toute sa superbe.

— Enzo est en danger, je le sens.

Lénora connaissait la réputation du Crochu. Il était risqué de se mêler de ses affaires et l'absence des deux gamins qu'elle avait laissés en surveillance ne lui disait rien qui vaille. Où diable étaient-ils donc passés ? La vie avait considérablement endurci la bohémienne qui conservait un talon d'Achille : son petit frère, son unique point faible, le seul être qui préservait en son âme une part d'innocence, de douceur et qui la retenait de basculer à jamais dans la fange des rues. Son masque d'insolente assurance vola en éclats révélant une gosse apeurée à la détresse poignante. Malo prit conscience que Lénora avait mis en danger ce qu'elle avait de plus précieux pour venir à son aide et l'angoisse l'étreignit avec force. Il regretta subitement de ne pas avoir écouté François qui lui avait enjoint de se consacrer à ses études et de se contenter de prier pour le salut de son épouse. Avec effroi, il comprit qu'il avait été naïf de croire être en mesure de retrouver seul la piste de Nolwenn et surtout présomptueux de vouloir se mesurer au Crochu. L'adolescent sentit la panique le gagner, un coup d'œil à Lénora lui permit de se reprendre : la gitane, très pâle, arpentait la venelle adjacente à la recherche des gamins, chaque pavé franchi accroissant son inquiétude. Arrivée à un carrefour, elle s'arrêta ne sachant où porter ses pas. Malo la rejoignit se mettant également à scruter les ténèbres. Tout à coup il tressaillit en distinguant au sol une mince silhouette : un enfant gisait dans la rigole centrale qui charriait de multiples immondices. Le clair de lune permettait de distinguer une blessure sur son crâne ensanglanté ainsi que sur son moignon.

— Fifi ! s'écria Lénora en courant se mettre à genoux pour serrer le garçonnet contre elle.

L'enfant entrouvrit les paupières avec peine. Malo sentit son cœur s'emplir de compassion pour ce petit corps martyrisé sciemment, comme l'avait révélé la fille des rues, pour attirer la pitié des passants. À eux deux ils arrivèrent à le remettre sur pied.

— Fifi, où est Enzo ? Que s'est-il passé ?

— Le Crochu, il nous a remarqués en sortant de la taverne. Il nous a attrapés et il a dit au seigneur qui l'accompagnait qu'on le collait depuis le matin. L'homme a demandé à Enzo si c'était vrai et il a nié. Le Crochu a eu beau le frapper, il a rien déballé. Moi j'avais trop la trouille, j'ai tout balancé.

— Quoi ? interrogea l'inquiète dont le visage était devenu couleur de cendre.

— Que c'était toi qui nous avais demandé de les suivre et que tu travaillais pour lui, fit le gosse en désignant Malo.

— Tu ne me connais pas, s'étonna ce dernier.

— Si, dit le gamin tout penaud, on a suivi Lénora une fois. Enzo, il était jaloux, il voulait savoir qui t'étais. On t'a repéré devant le lycée. On ignorait ton nom mais on a eu par la logeuse celui d'un de tes profs : Belfond, avec qui on t'a vu le lendemain…

Fifi, hoquetant, n'osait poursuivre.

— Continue, l'invectiva Lénora en le bousculant.

— Le Crochu, il m'a foutu une trempe, cria-t-il. Enzo, il a réussi à lui donner un coup d'arpion et s'est échappé. L'homme l'a épinglé dans le cul-de-sac, là-bas. Enzo s'est débattu et je crois qu'il a arraché son masque. Le Crochu était aussi furieux que l'autre et il m'a tapé dessus. Il m'a envoyé valser ici. J'ai joué le mort... Son maître est revenu et ils sont partis sur leurs bourrins. Et là je suis tombé dans les pommes...

— Et mon frère ?

Fifi se mit à pleurer de plus belle en pointant du doigt l'impasse sur sa droite. Lénora s'y précipita. Malo aidait le petit manchot à se relever lorsque des hurlements le figèrent sur place. Jamais il n'avait entendu de tels sons provenir d'une gorge humaine. Fifi se cramponna à lui. Malo réussit à se dégager avec douceur et, jambes tremblantes, il rejoignit l'éplorée.

La jeune fille se martelait la poitrine à grands coups de poing, à genoux devant le cadavre d'un garçonnet qui semblait dormir paisiblement au milieu d'une mare de sang. On lui avait transpercé le cœur d'un coup d'épée. Lentement, elle le prit dans ses bras en le berçant comme un bébé puis elle le pressa de toutes ses forces contre elle et émit un son rauque, atroce.

L'adolescent tenta tant bien que mal de serrer Lénora contre son épaule. Elle le repoussa rudement. Ses plaintes attirèrent plusieurs silhouettes qui sortirent peu à peu de l'ombre pour les entourer. Malo comprit avec effroi qu'il avait totalement perdu le contrôle de la situation et l'allure de ceux qui approchaient le figea sur place.

10

Début mai 1651

François passa la porte d'Orléans avec plaisir, heureux de se faire presser, malmener par la cohue parisienne, retrouvant avec contentement la sensation de se perdre au milieu de la foule. Rejoindre la capitale, après son entrevue avec le cardinal Mazarin, s'était révélé une mission difficile : les espions qu'il avait réussi à semer à l'aller étaient décidés à l'intercepter au retour, soucieux d'empêcher la missive remise par l'exilé de parvenir entre les mains de la régente. François avait dû multiplier les fausses pistes pour finir par se dissimuler quelques jours dans la forêt afin d'avoir une chance de rentrer sans encombre.

L'obligation d'échapper aux hommes lancés à sa poursuite n'avait été qu'un des obstacles rencontrés pour rallier Paris car les routes de France s'étaient avérées plus impraticables que durant son trajet depuis Mont Menat. La guerre civile atteignait en effet un degré d'horreur insoutenable : les soldats des différentes factions se comportaient en égorgeurs, volant, violant et massacrant la population. Croiser leur chemin signait votre arrêt de mort. Comme si cela ne suffisait pas, la famine s'était étendue, décimant les paysans déjà fragilisés et maintes fois il avait traversé des villages fantômes, dévastés, désertés, où même avec une bourse remplie il n'avait pu acheter du pain ou des vivres. Un soir, pour se réchauffer, il s'était obligé à avaler une soupe constituée avec les moyens du bord : des racines et des écorces agrémentées de radis trouvés dans un champ. La conjoncture en Ile-de-France était particulièrement préoccupante. François avait découvert le long des routes des cadavres laissés à l'abandon pourrissant à l'air libre, sans que quiconque ne songe à leur donner une sépulture décente, attirant les charognards et les loups enhardis par la faim qui n'hésitaient plus à s'approcher des bourgs et à pénétrer dans les logements. Partout, des malheureux essayaient d'échapper aux tueries, à la misère et aux maladies, traînant leurs silhouettes faméliques à la recherche d'un improbable refuge.

François avait rencontré dans la matinée une femme sans âge menant en file indienne une dizaine de gamins épuisés, elle était l'unique adulte rescapée d'un raid de mercenaires et avait réuni les enfants survivants de son village avec l'espoir de gagner le couvent où sa sœur officiait. Il les avait escortés avant d'offrir le contenu de sa bourse et il n'oublierait pas son visage crispé, tellement fatigué qu'elle n'arrivait plus à sourire, se concentrant sur son unique objectif : atteindre la porte du monastère où elle trouverait le salut. Les malheureux étaient arrivés à bon port mais combien d'autres erraient encore ? Fourbu et affamé, le gentilhomme voulait oublier toute cette misère et tentait de savourer son entrée dans la capitale, laissant sa monture choisir le trajet qui les ramènerait à l'hôtel Bessières.

Arrivé dans la cour pavée, il n'était pas encore descendu de cheval que Gervais se précipitait pour l'aider, manifestant un soulagement à la hauteur du souci qui l'avait rongé en l'absence de son maître.

— Ha, Gervais ! fit François avec enthousiasme, quel plaisir de rentrer chez soi !

Le valet ne répondit pas et se contenta de hocher la tête. François comprit immédiatement qu'un épisode fâcheux s'était produit au cours de ses pérégrinations.

— Parle, qu'est-il arrivé ?

Son domestique fut tiré de l'embarras par l'apparition d'Arnaud sur le perron, désireux d'accueillir son beau-frère et de l'informer en personne de la situation.

— Viens, François, rentrons. Je suis heureux que tu sois de retour et d'être là pour te recevoir. Tu vas te restaurer et faire un brin de toilette pendant que nous discuterons.

Notre gentilhomme se raidit refusant de se laisser amadouer :

— Dis-moi plutôt ce qu'il en est. C'est Nolwenn, on sait quelque chose…

— Hélas, non ! Je vais tout t'expliquer, allons parler à l'intérieur…

Louise descendait l'escalier principal lorsqu'elle aperçut son frère.

— François, oh François, je suis si soulagée de vous voir sain et sauf !

Sans se soucier des vêtements couverts de poussière et de boue portés par son cadet, elle le serra contre son cœur et l'embrassa, puis elle donna des ordres pour qu'on remplisse une cuve d'eau chaude dans la cuisine et laissa les deux hommes converser, bientôt rejoints par Belfond qui était en train de disputer une partie d'échecs avec Arnaud à l'arrivée du voyageur. Le professeur le salua puis se tint en arrière, lissant nerveusement ses moustaches.

François, en chemise, se glissa dans le bain et on installa une planche sur la cuve afin qu'il puisse se restaurer d'un civet de marcassin agrémenté d'un vin rouge capiteux. Il devina qu'on le laissait reprendre des forces pour être à même d'affronter de mauvaises nouvelles. Arnaud s'éclaircit la gorge et se lança :

— Ne t'inquiète pas, ce n'est pas si grave. Tu nous avais demandé de garder un œil sur Malo durant ton absence ; malheureusement cette tête de mule a échappé à notre surveillance et nous l'avons récupéré il y a deux jours en piteux état.

— Il est grièvement blessé ?

— De simples contusions liées à un vigoureux passage à tabac… Il est de bonne constitution et récupère rapidement, cela n'est pas le problème.

— Quel est-il dans ce cas ?

— Depuis que nous l'avons retrouvé il ne parle pas et paraît complètement abattu. Nous n'avons rien pu en tirer. Louise s'en occupe et le materne comme un oisillon tombé du nid mais impossible d'obtenir une explication. Le médecin affirme qu'il a reçu un choc et que dès qu'il mettra des mots sur ce qu'il a vécu il en sera libéré.

François, un peu soulagé, put enfin faire honneur au déjeuner. Arnaud le laissa se restaurer avant de demander :

— Ton entretien avec le cardinal a-t-il été fructueux ?

— Il n'est pour rien dans l'enlèvement de Nolwenn, les soupçons de la lettre décodée sont infondés : c'est une fausse piste. Une de plus, conclut-il avec amertume.

— Allons François, ne perds pas espoir. Nous finirons par trouver la bonne.

Le gentilhomme repoussa les reliefs de son repas en haussant les épaules.

— As-tu une réponse de Mazarin pour notre reine ? demanda Arnaud.

— Regarde dans la doublure de ma ceinture. Un courrier plus détaillé arrivera plus tard. Le cardinal souhaitait que je reparte rapidement, certainement pour que j'entraîne sur mes talons les espions qui le surveillent afin que la voie soit dégagée pour le prochain messager.

— Sois-en convaincu. Tu as réussi une mission essentielle. D'après ce que j'en sais c'était des mercenaires du clan Condé. Avec l'entrée de Chavigny au conseil et la nomination de Mathieu Molé à la chancellerie, deux de sa clientèle, le prince veut à tout prix empêcher notre illustre exilé d'avoir une quelconque influence sur la régente, persuadé de pouvoir prendre l'emprise sur elle.

— C'est le cas ? s'enquit François en s'extrayant de la cuve.

— Dieu merci non. Anne d'Autriche se révèle une femme avisée et laisse croire aux grands ce qu'ils veulent. Si elle peut satisfaire Condé qui a soufflé ces noms sans même en aviser Gaston d'Orléans et qui se délecte du camouflet ainsi infligé à Monsieur et de son courroux, elle le fait sans état d'âme. Cela ne l'empêche nullement de décider *in fine* avec pour seule préoccupation l'avènement de son fils. Elle leur laisse leur combat d'ego… Figure-toi que Molé voulait être à la fois garde des Sceaux et premier président ce qui est impossible et c'est Pierre Séguier qui a récupéré la fonction. Un vrai jeu de chaises musicales… Tu connais l'adage : diviser pour mieux régner ; eh bien je puis t'assurer que ces messieurs ont sous-estimé l'habilité de notre suzeraine en la matière. Quoi qu'il en soit, elle sera heureuse d'avoir des nouvelles de celui qui reste son ministre de cœur. Je vais immédiatement au Palais-Royal remettre cette lettre en mains propres. Repose-toi.

Arnaud les quitta et partit rassurer la reine. Un silence pesant suivit son départ. Le professeur rougissait de confusion sous l'œil scrutateur de François.

— Je suis désolé de ce qui est arrivé à Malo. Vous l'aviez laissé sous ma garde et j'ai failli à la tâche…

— Ne battez pas votre coulpe inutilement. Racontez-moi plutôt les événements en détail.

Le ton froid blessa son interlocuteur mais il savait le mériter.

— Malo était à l'étude quand il a couru rejoindre une personne qui lui faisait signe de la ruelle. On l'a retrouvé le lendemain dans un état pitoyable et depuis il est complètement éteint.

François, après s'être enveloppé dans un grand drap, partit se réchauffer près de l'âtre.

— Franchement, si c'est une bluette qui a mal tourné, cela lui servira de leçon. J'ai autre chose à faire qu'à consoler un gamin d'une peine de cœur.

— Je crains qu'il y ait plus que cela. Lorsque votre sœur l'a soigné les seuls mots qu'il a prononcés étaient en rapport avec Nolwenn.

François se retourna brutalement.

— Comment cela ?

Belfond, de plus en plus embarrassé, baissa les yeux.

— Malo ne cessait de répéter qu'il avait causé sa perte.

— Nom de nom ! jura François en s'habillant prestement avec les vêtements apportés par Gervais.

Plantant sans vergogne le professeur, il monta les escaliers menant aux chambres quatre à quatre pour faire irruption dans la pièce où Louise exhortait l'adolescent allongé sur son lit à avaler une cuillerée de soupe. À la vue de François, tous deux sursautèrent.

— Louise, je vous prie de vous retirer, nous avons à parler.

Aux intonations cassantes de son frère, elle comprit que l'ordre ne souffrait aucune discussion et elle partit rejoindre Belfond, laissant les deux cousins face à face. Malo se ratatina sur son lit en détournant le regard.

— Ah ! pas de ça avec moi mon petit bonhomme, rugit François. D'après ce que je sais, cela fait plusieurs jours que tu te complais dans ce mutisme de vierge effarouchée et cela a assez duré. Si tu es assez grand pour désobéir à mes directives et agir à ta guise, tu l'es tout autant pour me rendre des comptes et me dire exactement de quoi il retourne. Si tu as la moindre information concernant ma femme, tu me le dis séance tenante !

Malo se redressa comme si on l'avait giflé. Tout à coup il eut honte de s'être laissé dorloter à la manière d'un enfant, il était temps qu'il ose affronter la colère de celui qu'il avait trahi.

— J'ai voulu t'aider…

François se retint de répondre que l'enfer était pavé de bonnes intentions et se contenta de l'inciter à continuer d'un geste sec de la main.

— J'ai rencontré une jeune fille, Lénora, qui vivait à la cour des miracles. Elle et son petit frère Enzo voulaient s'en extirper et j'ai promis de les aider. Elle connaissait la sœur du Crochu et l'a surveillée jusqu'à retrouver sa piste. Elle est venue m'en avertir et j'y suis allé, je pensais…

— Tu pensais pouvoir à toi tout seul te mesurer à un mercenaire sans scrupule responsable de nombreux meurtres et de l'enlèvement de Nolwenn, s'exclama François qui se força à respirer lentement pour endiguer le flot de colère qui le submergeait.

— Je sais, j'ai été stupide, répondit l'adolescent d'une voix sourde, crispé sur le bord du lit. Le jeune frère de Lénora a payé ma bêtise de sa vie ! Le commanditaire du Crochu l'a surpris et l'a tué pour qu'il ne puisse pas l'identifier. Quant à Lénora…

Malo n'arrivait plus à continuer, tellement il tentait de maîtriser les sanglots qui le terrassaient. Sous le regard peu amène de François, il se mordit la langue jusqu'au sang puis lâcha :

— Elle est certainement morte par ma faute à l'heure qu'il est. À la découverte du corps du gamin, toute la racaille du quartier s'est amassée. Lénora était hystérique, elle hurlait son chagrin sans se soucier de cette foule. On nous a traînés devant l'un des cagous qui dirige ce territoire. Lorsqu'il a appris que Lénora avait aidé un non-initié pour retrouver l'un des leurs, il était résolu à me tuer. Elle s'y est opposée, prenant tout sur elle, s'offrant en victime expiatoire pour me sauver. Ils l'ont emmenée sous mes yeux, je n'ai rien pu faire. Ils lui ont passé une corde autour du cou, certains voulaient la pendre immédiatement mais les autres exigeaient qu'elle meure devant leur roi. J'ai essayé de les arrêter, j'ai essayé..., répéta Malo sans se rendre compte que les larmes inondaient son visage.

Les images qui le hantaient ces derniers jours resurgirent en kaléidoscope : comment oublier l'expression vide de Lénora tandis qu'on la traînait à même le sol comme un animal mené à l'abattoir, les coups, les crachats sur son frêle corps martyrisé et la haine exsudée par cette meute surexcitée ?... De quelle manière pourrait-il effacer de sa mémoire son incapacité à réagir, sa totale impuissance à la sauver ?... Le garçon essuya ses joues en un geste sec puis se força à continuer.

— À moi ils se sont contentés de mettre une raclée avant de me déposer à l'extérieur de leur secteur. Le pire, conclut Malo, c'est qu'ils ont su qui j'étais... J'avais été suivi jusqu'à mon lycée.

Le gentilhomme serra les poings.

— Tu es en train de me dire que par ta faute le Crochu sait que je suis sur ses traces et que tu t'es rendu responsable de la mort d'une jeune fille et d'un enfant, intervint François d'une voix atone.

— Oui, murmura le coupable dans un souffle.

François se dirigea vers la fenêtre et serra le rebord en pierre de toutes ses forces pour résister à l'envie de frapper le garçon. L'espoir de délivrer Nolwenn grâce à cet homme, le seul dont il connaisse l'identité, se retrouvait pulvérisé. La fureur en son for intérieur se mêlait à la souffrance insupportable de savoir Nolwenn quelque part, à la merci de cette brute sans qu'il puisse lui venir en aide, avec l'angoisse effrayante qu'elle soit déjà morte, seule, se sentant abandonnée par les siens. Il resta de longues minutes figé tentant d'apaiser le tumulte de ses pensées.

Quand il se retourna, un coup d'œil à son cousin l'aida à se calmer. L'adolescent était ravagé par ce qu'il avait fait et payait un lourd tribut en portant le fardeau de la mort d'un enfant et certainement de sa dulcinée. C'était une terrible punition. François le revit au bord de la tombe de ses parents, petit orphelin accroché à ses basques pour ne pas sombrer. Comprenant qu'il partageait un chagrin similaire, il parvint au prix d'un terrible effort à contenir sa colère.

— Nous allons voir comment surmonter un tel désastre… En attendant, je te demande de te préparer à rejoindre ton établissement. Lorsque j'aurais achevé ma discussion avec Belfond, il t'y reconduira. Je compte sur toi pour avoir désormais une attitude exemplaire.

Malo ne cilla pas sous son regard, il savait que François faisait preuve de beaucoup de volonté pour ne pas céder à la tentation de le réduire en pièces. La seule chose qu'il pouvait faire était d'obéir en tout point. Il se leva et entreprit de rassembler ses affaires.

François redescendit au rez-de-chaussée d'un pas lourd. Une tenture représentant une Diane chasseresse attira son attention. La ressemblance avec Nolwenn le frappa douloureusement. Sans pouvoir se contrôler, il se mit à marteler de ses poings la tapisserie, s'abîmant les jointures jusqu'au sang en appelant son prénom dans un mélange de rage et de désespoir. Louise, alertée par ses cris, le retrouva prostré dans l'escalier. Elle l'entoura de ses bras et caressa sa nuque tout en formulant des paroles d'apaisement. Elle l'écouta raconter l'entretien qu'il venait d'avoir afin de mieux le consoler.

— François, rien n'est perdu, il faut garder la foi… Nolwenn est une battante, vous devez croire en vos retrouvailles.

— J'ai l'impression d'être maudit. Dès que j'aime une femme, le destin s'acharne.

— Il n'existe pas de fatalité, mon frère, uniquement la folie des hommes. Retrouvez ceux qui ont enlevé votre épouse et sauvez-la. Je vais prier pour que vous réussissiez.

Le gentilhomme se releva.

— Vous avez raison. Elle mérite mieux que mes gémissements. Je dois m'accrocher à l'espoir qu'elle est encore en vie. Si le Crochu voulait la faire soigner comme me l'a rapporté Malo, c'est qu'elle a encore de la valeur à ses yeux.

François embrassa sa sœur sur le front, elle le regarda avec tendresse puis examina ses plaies. Gervais, en retrait, annonça que Monsieur Henri, réveillé par le tapage, voulait voir son fils.

— Et notre père, de quelle manière se porte-t-il ? s'enquit François.

— Il est toujours très faible. Il dort la majeure partie du temps. Il sera soulagé de pouvoir vous serrer dans ses bras, il s'est beaucoup inquiété à votre sujet. Venez, je vous accompagne dans ses appartements.

— Plus tard. Je dois d'abord faire le point avec Belfond. Allez lui tenir compagnie, je vous rejoindrai après.

— Et Malo ? Vous n'avez pas été trop dur j'espère ?

— Ne vous tourmentez pas. Pouvoir raconter ce qui est arrivé va l'aider à surmonter sa peine. Le mieux est qu'il rejoigne son lycée avec notre ami.

— Je comprends, je vais de ce pas rassurer notre père. Oh j'oubliais : Javier, le cousin d'Arnaud, s'est annoncé pendant que vous discutiez. Il vous attend également au salon. Je vous laisse.

Puis s'adressant à Gervais :

— Occupez-vous des blessures de Monsieur.

Le serviteur courut chercher un onguent tandis que François retrouvait ses hôtes. Ni l'un ni l'autre ne fit le moindre commentaire devant l'état des mains du gentilhomme que Gervais s'empressa de bander.

— Bonjour François, commença l'hidalgo, je suis heureux de vous revoir indemne. Voyager à notre époque est de plus en plus dangereux. Avez-vous retrouvé la trace de votre épouse ?

— Échec complet, mon cher.

Javier fut navré de l'apprendre. Belfond fit une moue de circonstance : il n'avait jamais vraiment cru que le cardinal Mazarin puisse être le commanditaire de la tuerie de Mont Menat.

— J'ai eu le temps de réfléchir en parcourant les routes, reprit François. Je suis convaincu qu'il y a quelqu'un tapi dans l'ombre qui nous manipule.

Il doit certainement savoir qu'il n'a pas enlevé la bonne personne ; pourtant, s'il ne l'a pas tuée, il continue de la séquestrer. Pourquoi ? C'est en trouvant cet individu, le tueur du petit Enzo, que j'aurai le fin mot de l'histoire.

Ses compagnons le regardèrent, surpris, aussi François leur raconta le drame auquel avait assisté Malo.

— *Mataron a un nino, Dios mio* [1], fit Javier en se signant. Certains hommes ne reculent devant rien.

— L'enjeu doit être de taille, renchérit Belfond.

— La piste de Crochu étant perdue, il ne reste qu'une solution : les lettres. Elles contiennent la clé de tout cela sinon pourquoi voudrait-on s'en emparer ? Où en êtes-vous avec leur déchiffrage ? demanda François plein d'espoir.

— J'ai terminé, répondit le professeur. Il ne nous reste que deux noms sur notre liste : Jean-François Paul de Gondi et le prince de Condé.

— Le coadjuteur et le Grand Condé... Violette n'avait décidément pas peur de s'attaquer à forte partie. L'un des deux a forcément un lien avec notre affaire, la question est de savoir lequel.

— François, vous ne devez plus perdre d'énergie à suivre des chimères, intervint Javier. Je crois connaître une personne qui pourra vous faire gagner du temps pour Paul de Gondi.

— Qui est-ce ?

— Une amie de Violette qu'elle m'avait présentée, une rivale aussi. Elles se mettaient souvent en compétition. C'est une étrangère, elle se fait

1. Tuer un enfant, mon Dieu !

appeler Mizgin de Perse et serait de sang royal, enfin c'est du moins ce qu'elle prétend. Je sais qu'elle a été la maîtresse du coadjuteur et sa confidente à une époque. Grâce à elle, vous pourriez obtenir de précieuses informations et voir si des indices vous laissent à penser que Gondi est votre suspect… Mais je vous préviens : ce n'est pas le genre de créature à le faire sans contrepartie. C'est une femme étrange, difficile à décrire, *criatura sulfurosa* [1]… vous verrez par vous-même.

— S'il faut payer, je réglerai ce qu'elle veut, tout plutôt que de rester dans l'impasse.

— Dans ce cas, je vais lui rendre visite et demander une entrevue de votre part. Je vous enverrai un mot avec son adresse et le moment convenu. Je suis désolé de ne pouvoir faire plus… Savez-vous quand Arnaud sera de retour ? Je venais le saluer. Je regagne l'Espagne ayant réglé au mieux mes affaires familiales. Ma situation ici devient trop périlleuse, mon père craint pour ma sécurité et m'a intimé l'ordre de regagner sans délais nos terres de Tolède.

François s'en voulut de ne pas avoir réalisé que Javier courait un réel danger en ces temps de conflit avec l'Espagne et qu'il avait prolongé son séjour uniquement dans le but de l'aider avec l'espoir de retrouver le meurtrier de celle qu'il avait aimé.

— Vous avez déjà beaucoup fait et je vous en remercie. Je vous promets de châtier l'assassin de Violette. Finissez vos préparatifs, j'enverrai Arnaud vous faire ses adieux à son retour.

1. Créature sulfureuse.

— J'espère apprendre prochainement que vous avez retrouvé votre épouse… *Buena suerte* [1] !

Les deux hommes se serrèrent la main puis Javier salua Belfond et s'en fut prendre congé de Louise.

— À nous deux, professeur, quels sombres secrets sur Gondi renferment ces lettres qui pourraient nous faire envisager qu'il soit mêlé à notre affaire ?

— Pour ce que j'en ai compris, c'est un duel qui a eu lieu l'année dernière. Le coadjuteur aurait apparemment tué son adversaire dans des circonstances scandaleuses qui, si elles étaient révélées, l'empêcheraient de décrocher le cardinalat.

— Et il serait prêt à devenir un meurtrier pour cela ?

— Il est capable d'attiser la révolte du peuple dans cet objectif alors l'assassinat d'une courtisane… De plus, il est très lié aux Rohan et tout particulièrement à votre ennemie la duchesse de Chevreuse.

— Vous croyez qu'il détiendrait Nolwenn pour se venger ? En toute hypothèse, si c'est le cas elle est certainement vivante. Je vais rencontrer la personne dont nous a parlé Javier pour vérifier si elle a quelque chose d'intéressant à raconter puis j'irai trouver Gondi.

— Encore faudrait-il savoir où il est… Pendant votre absence, l'union des princes frondeurs a volé en éclats. Comme vous le savez, Mademoiselle de Chevreuse, la maîtresse de Gondi, devait faire un

1. Bonne chance !

beau mariage en épousant Conti, le frère de Condé qui le lui a interdit. Gondi a fort mal pris qu'on traite ainsi sa protégée ce qui est pour lui un affront personnel et surtout l'occasion ratée de raffermir sa position pour acquérir son chapeau de cardinal. Depuis la mi-avril, nul ne l'a revu.

— Je saurai le débusquer, ne vous tourmentez pas, et je le confronterai aux accusations de ces courriers. Je n'ai rien à perdre. Et si la duchesse de Chevreuse est derrière cette sombre affaire, elle devra en répondre. Je ne suis pas disposé à la moindre mansuétude à son égard.

Belfond soupira, la prudence et la patience ne faisant définitivement pas partie des vertus cardinales des Rohan Montauban.

— Soyez sur vos gardes. C'est une femme extrêmement dangereuse. Gardez à l'esprit qu'elle a failli vous détruire…

Un coup d'œil à François le convainquit qu'il parlait à un mur.

— Je dois rentrer assurer l'internat, soupira-t-il. Si Malo est prêt, je le raccompagne.

Ils se dirigèrent vers le vestibule.

— Vous m'obligeriez en le faisant. Dieu vous garde, mon ami.

François monta rejoindre son père dans ses appartements, croisant Malo, ballot sur l'épaule, dans l'escalier.

— Ton professeur t'attend. As-tu dit au revoir à Louise ?

L'adolescent acquiesça. Il aurait voulu qu'on lui adresse des paroles de soutien mais accepta pleinement de ne pas en recevoir. François le vit disparaître dans le corridor avec un pincement au cœur :

Malo avait perdu l'innocence de l'enfance, après cette tragédie il ne serait plus jamais le même et le gentilhomme savait combien il payait cher son passage à l'âge adulte.

11

Début mai 1651

François admirait d'un œil distrait la table fastueusement dressée pour le souper sous la férule de Louise avec sa nappe brodée de soie et de fils d'or sur laquelle brillait la vaisselle en argent des grandes occasions où se réfléchissaient les rayons du soleil de cette magnifique fin de journée printanière. Derrière chaque chaise à bras recouverte d'une housse délicatement ouvragée, un valet en livrée s'apprêtait à prendre position afin de devancer le moindre désir des convives réunis pour ce repas très spécial.

La pièce était calme comparée à l'effervescence qui régnait en cuisine, avec une Louise exceptionnellement pointilleuse envers son chef qui avait d'habitude carte blanche pour les régaler de ses mets réputés. Le pauvre cuisinier ne se remettait pas d'avoir vu toutes ses suggestions de menu refusées par la jeune femme exigeant des plats inoubliables pour fêter l'anniversaire de son père. Elle était revenue la veille tout excitée avec le dernier ouvrage du grand François Pierre de La Varenne, chef du marquis d'Uxelles, *Le cuisinier François*, décidée à suivre avec application ses préceptes mettant en valeur les beaux produits du sol français en instaurant une gastronomie inventive mais codifiée.

Le cheveu en bataille, les joues rougies par la proximité des fourneaux, la maîtresse de maison surveillait elle-même la confection de la fameuse sauce béchamel portant le nom du marquis auquel elle était dédiée tout en goûtant les différents potages qui seraient servis en entrée dont le fameux « à la Reine » à base d'amandes, de perdrix et de chapon rôti. Satisfaite, elle vérifiait l'assaisonnement des salades qui accompagneraient les filets de chevreuil et poulardes farcies en soupirant d'aise de voir le repas bientôt prêt sous l'œil courroucé de son employé qui, mâchoires serrées, appréciait très modérément son immixtion dans son travail. Louise voulait à tout prix faire plaisir à son père et, l'art culinaire faisant encore partie de ses petits bonheurs quotidiens, elle ne ménageait pas ses efforts, craignant que cet anniversaire soit le dernier pour Henri de Rohan Montauban. Après d'ultimes recommandations qui furent accueillies avec un enthousiasme modéré, elle se dépêcha de monter à l'étage pour enfiler la dernière création de sa couturière, Madame Martinière, et vérifier que son père, laissé aux bons soins de Gervais, serait également habillé à l'heure prévue. François la vit passer en coup de vent, l'air enjoué, tandis qu'il rejoignait Arnaud dans la bibliothèque.

— Je crois que nous n'allons pas tarder à nous mettre à table. Louise ressemble à un général ayant passé ses troupes en revue sur le champ de bataille.

Arnaud sourit.

— Malgré les malheurs qui nous touchent, elle tient à montrer à votre père son attachement en ce jour particulier. Tu la comprends, n'est-ce pas ?

— En douterais-tu ? Son état de santé s'aggrave et nous devons profiter de sa présence quelles que soient les circonstances.

Arnaud approuva en hochant la tête puis il changea de sujet :

— Ce matin je suis allé saluer Javier qui prenait la route de Tolède. Il m'a remis ce mot pour toi.

François décacheta immédiatement le pli et déchiffra facilement l'élégante écriture de l'aristocrate.

— Il m'a obtenu comme convenu un entretien avec cette femme dont il m'avait parlé. Elle accepte de me recevoir dès ce soir… J'irai après le souper.

Habituellement le dîner débutait vers vingt et une heures et se prolongeait tard ; toutefois la fragilité du vieil homme avait entraîné l'avancée de l'horaire et laissait à penser que les agapes seraient de courte durée.

— Veux-tu que je t'y accompagne ? Je me suis renseigné tu sais… Cette courtisane a une réputation licencieuse et côtoie des individus peu fréquentables. Elle serait originaire de Perse et on la dit un brin magicienne car certains hommes après avoir goûté à ses charmes ne peuvent plus s'en passer. Plus grave, on dit qu'elle n'hésite pas à utiliser le poison pour se venger quoiqu'on n'ait jamais rien pu prouver.

— Ne t'inquiète pas pour moi je suis un grand garçon, s'esclaffa François.

— Certes, pourtant tu devrais emmener Gervais avec toi par sécurité.

— Si tu veux. Tous mes espoirs reposent dorénavant entre les mains de cette mystérieuse créature. J'ai vu Simon ce matin : le Crochu semble avoir littéralement disparu de la surface de la terre.

Arnaud lui tapota le dos en signe de soutien sachant toute parole vaine. Gervais apparut à cet instant dans l'embrasure de la porte annonçant d'un ton solennel que le dîner était servi.

Chacun alla prendre place à la table et Louise fut enchantée de constater que son père, malgré sa faiblesse, faisait honneur au repas, manifestement très touché du mal que s'était donné sa fille. Au dessert, devant un onctueux mille-feuille, il réussit même à porter un toast déclarant d'une voix émue que son vœu le plus cher était de renouveler un pareil festin avec pour invitée d'honneur sa belle-fille, Nolwenn, et tous levèrent leur verre en hommage à la jeune femme recommandant son sort au Tout-Puissant. Henri mangea quelques bouchées de cette pâtisserie inconnue sans pouvoir lutter contre la torpeur qui l'envahissait et Gervais alla le coucher. François félicita à son tour sa sœur qui rosit, légèrement inquiète :

— Vous ne trouvez pas tout cela déplacé j'espère.

— Non Louise, absolument pas… Marquer l'occasion était une bonne idée. Nous ne pouvons pas nous arrêter de vivre jusqu'à ce que je retrouve Nolwenn.

Louise, rassurée, alla s'asseoir sur les genoux de son mari. François les regarda à la fois ravi de les voir si bien assortis et triste de ne pouvoir à son tour serrer celle qu'il aimait dans ses bras. Chassant les sombres pensées qui lui soufflaient qu'il était trop tard, il prit congé et attendit Gervais dans les écuries en sellant les bêtes. Il prenait toujours un immense plaisir à s'occuper personnellement de son animal et avait la sensation que son cheval partageait sa peine. Le valet le rejoignit et tous deux franchirent les grilles de l'hôtel Bessières en direction de l'adresse laissée par Javier.

François était curieux de rencontrer cette femme étrange qui s'adonnait disait-on aux arts ésotériques, héritière de mystérieux savoirs d'ancêtres prestigieux. Elle habitait un quartier relativement calme dans une petite venelle proche des quais de Seine où ce soir-là se reflétait la pleine lune. Frappant à la lourde porte en bois qu'on lui avait indiquée, François et Gervais furent examinés de la tête aux pieds par une forme sombre à travers le guichet puis, dans un grand fracas de verrous qu'on libère, ils purent pénétrer dans une cour pavée, invités à suivre le serviteur qui les guidait et dont seuls les yeux émergeaient du visage. Arrivé à l'intérieur du bâtiment d'habitation, François en comprit mieux la raison : l'homme était noir ébène comme il savait qu'il en existait dans certains pays lointains sans en avoir rencontré auparavant. Si cela suscita sa curiosité, somme toute légitime, il en fut tout autrement pour Gervais qui s'humecta les lèvres avec nervosité, observant alternativement son maître et le domestique noir avec appréhension, fort désireux de rebrousser chemin. François fit un signe d'apaisement et il se domina. Subrepticement, il s'arrangea pour frôler ce drôle de bipède et vérifia que ses doigts n'étaient pas devenus foncés à son contact. François s'apercevant de son manège fronça les sourcils et Gervais, tel un enfant pris en faute, cessa immédiatement ses gamineries tout en ne pouvant s'empêcher de se signer au cas où.

Après avoir traversé un salon très classique, mis à part une entêtante odeur d'encens, ils débouchèrent dans une pièce dotée de beaux volumes qu'on avait délibérément rapetissée à l'aide de tentures. François fut saisi par l'atmosphère exotique des lieux et l'impression de plonger en terre inconnue : partout d'épais tapis étouffant tout bruit de pas jonchaient le sol en un parterre coloré, mélange de décors floraux parfois inspirés par la fleur de lys, aux bordures à feuilles dentelées ou à motifs géométriques étranges. Aux murs, des tapisseries évoquaient de magnifiques jardins où se dissimulaient des animaux féeriques et des scènes de chasse qui semblaient prendre vie sous la lumière de grands flambeaux formés de coupes de bronze plantées sur de longues tiges remplies d'huile qui diffusaient une faible lueur à dessein.

Complètement dépaysé, notre gentilhomme ne put réprimer un léger sursaut en constatant subitement la présence de son hôtesse sur l'un des coussins disposés au sol où elle attendait manifestement qu'il l'ait remarquée pour se lever et l'accueillir. Jamais auparavant François n'avait croisé pareille créature : grande, habillée de vêtements à la coupe orientale, elle avait les traits du visage presque masculins avec un nez fort et une mâchoire marquée. Cependant le contraste avec de grands yeux clairs rehaussés de longs cils et d'une chevelure aux reflets cuivrés enserrée d'un turban noir mettant en valeur une bouche charnue la rendait extrêmement attirante, dotée d'un éclat, d'une sensualité à fleur de peau. Elle s'approcha et

François se sentit littéralement happé par son regard au point qu'il eut du mal à trouver ses mots, ce qui sembla enchanter l'apparition.

— Madame… je vous sais gré de me recevoir.

— Tout le plaisir est pour moi, mon Seigneur, et je vous en prie, appelez-moi Mizgin, cela veut dire bonne nouvelle, dit l'altière féline d'une voix grave et chaude en reprenant place sur un coussin tout en faisant signe à François de la rejoindre.

Il s'assit, essayant de se concentrer sur le but de sa visite, tentant sans grand succès d'échapper au climat d'érotisme presque oppressant que son hôtesse avait su instaurer. Il s'immobilisa lorsqu'elle claqua des mains en direction de son domestique qui, à son tour, appela des serviteurs chargés d'apporter de grands plateaux dorés proposant des verres colorés dans lesquels ils versaient du thé brûlant tout en disposant une multitude de pâtisseries appétissantes avant de disparaître, comme par enchantement, une fois leur tâche accomplie.

— Votre valet trouvera de quoi se restaurer à l'office, qu'il suive Shiffa.

Gervais lança des appels muets en direction de son maître. L'Orientale comprit sa peur et rit en déclarant :

— Mon domestique est un eunuque dévoué et loyal qui ne vous fera aucun mal.

Cela ne rassura guère le brave homme pourtant, vu le signe d'assentiment de François, il se décida à suivre l'Africain aux allures de suppôt de Satan, ne pouvant s'empêcher de faire une prière à voix basse.

Une fois seule avec son invité, la troublante étrangère le servit tout en lui offrant de tester un narguilé, grande pipe à eau confectionnée pour fumer le tabac, proposition qu'il préféra décliner. François décida de reprendre la direction de la conversation et de ne pas se laisser troubler par cette femme intimidante.

— Votre serviteur est un castrat ?

— Tout à fait. Je l'ai emmené avec moi lorsque j'ai quitté le harem d'Ispahan.

François savait que son hôtesse descendait de l'aristocratie perse mais, à vrai dire, il ne connaissait rien de ce pays lointain. Mizgin perçut son malaise.

— Cela vous intéresserait-il d'entendre mon histoire avant que j'écoute la vôtre ?

François répondit par l'affirmative avec un intérêt réel qu'il ne chercha pas à dissimuler.

— Je suis née à Ispahan, ville paradisiaque érigée au milieu du désert par mon père le shah Abbas Ier. Ma mère était une princesse kurde offerte en tribut de guerre et enfermée par mon père au harem en tant que favorite. J'y fus élevée avec mes frères et sœurs jusqu'à la défaveur de ma mère donnée en mariage à un employé du palais pour avoir désobéi au grand vizir premier conseiller de mon frère, l'actuel shah Safi Ier, un homme cruel que la boisson rend violent et extrêmement dangereux.

À ces mots l'esprit de son interlocutrice parut se perdre dans ses souvenirs.

— Mon frère, répéta-t-elle puis se reprenant : cette union m'obligeait à quitter le sérail et à obéir au nouveau maître de ma mère, aussi me suis-je enfuie en suivant un commerçant français qui me promettait une vie libre et, depuis, je suis installée ici.

— Ce doit être difficile de se retrouver ainsi déracinée, loin de toute famille, ne put s'empêcher de remarquer François, touché par cette désarmante franchise.

— La notion de famille dans notre culture est loin de ressembler à ce que vous en concevez. Mon père, qui a tué ses frères pour s'emparer du pouvoir, avait six épouses et huit enfants légitimes dont six fils. Il a ordonné l'assassinat du premier et fait aveugler les deux suivants. Quant à ses autres descendants, je vous laisse imaginer le peu de valeur qu'ils revêtaient à ses yeux. Ma famille ne me manque donc pas, par contre l'univers du harem oui, terriblement, car j'y ai été heureuse, enfant, à l'abri des complots ne représentant un danger pour personne. C'est pourquoi j'aime reconstituer son ambiance et la faire découvrir à mes visiteurs.

François constata que la jeune femme avait un passé familial encore plus chargé que le sien et, bizarrement, cela le mit à l'aise.

— Javier de San Juan m'a dit que vous souhaiteriez obtenir des informations. À votre tour de parler, je vous écoute.

François décida d'être honnête avec son hôtesse et raconta la mise à sac de Mont Menat, l'enlèvement de Nolwenn, le meurtre de Violette et l'existence de courriers semblant indiquer l'implication de Gondi suite à un chantage lié à un mystérieux duel. Mizgin, très attentive durant son récit, prit son temps pour répondre :

— J'étais très liée à cet homme jusqu'à ce qu'il me préfère Charlotte de Chevreuse et, à l'époque, j'ai su les dessous de l'affaire qui vous intéresse. Je peux donc tout vous confier et même vous dire où vous pourrez le trouver, mais ceci à condition que vous acceptiez mes prétentions.

François lui rétorqua avec assurance qu'elle pouvait exiger la somme qu'elle voudrait : elle l'obtiendrait.

— C'est totalement dans vos moyens, Chevalier, je vous rassure, émit-elle de sa voix caressante et rauque dont elle usait en virtuose. Tout d'abord il vous faut savoir à qui vous avez affaire pour comprendre en quoi les lettres dont vous disposez sont compromettantes pour le coadjuteur. Paul est un homme pétri d'ambition qui veut faire passer son nom à la postérité car il estime la mériter. C'est quelqu'un d'extrêmement intelligent, fin et courageux, malheureusement doté d'un orgueil qui l'aveugle, animé de passions démesurées qui obscurcissent parfois son jugement et l'amènent à commettre des excès qu'il regrette parfois. Son but dans la vie est de récolter les honneurs de ses pairs, c'est pourquoi il déteste Mazarin, cet étranger qui l'en prive.

Tout en parlant Mizgin se mit à tirer des bouffées du narguilé hypnotisant littéralement François par son débit de paroles aux accents chantants et ses gestes gracieux. Elle reprit, satisfaite de voir son interlocuteur subjugué :

— On discerne souvent ce qui anime un être humain en connaissant son histoire… Paul, enfant, rêvait de gloire militaire. Cependant, à la mort de son frère aîné, il dut prendre sa place et a été obligé d'embrasser la carrière ecclésiastique alors qu'il ne songeait qu'aux champs de bataille et à jouir des plaisirs de la vie. Il a continuellement cherché à y échapper, et se battre en duel a été l'une des voies qu'il a envisagées pour provoquer le scandale et se dérober à cette vocation imposée. Pourtant il a dû y renoncer devant la crainte des édits prévoyant la peine de mort en cas de non-respect, tout comme au mariage du reste. Il décida alors d'être le meilleur des meilleurs dans la voie qu'on lui imposait, l'égal de ce Richelieu qu'il admirait, tout en ne se soumettant pas à son autorité, ce qui l'obligeait à multiplier les complots et machinations pour tenter d'arracher ce pouvoir dont on le privait… Avez-vous déjà rencontré notre ami, demanda Mizgin, interrompant son récit pour se rapprocher de François qui s'extirpa de la douce torpeur où l'avait plongé la narration de l'envoûtante conteuse.

— Oui, enfin non, je l'ai croisé une ou deux fois au palais, c'est tout.

— Vous avez certainement pu constater qu'il n'a pas été gâté, à l'inverse de vous, par Dame Nature, dit la Séfévide[1] en touchant de ses doigts délicats la joue du gentilhomme tout en le toisant d'un regard gourmand.

François s'ébroua en s'écartant, ne souhaitant pas succomber à ses charmes.

— Vous êtes beau et vous ne pourrez jamais comprendre à quel point un mâle peut souffrir d'être petit, laid et dépourvu de ce qui ravit les femmes. Paul est maladroit et tellement myope qu'il commet balourdise sur balourdise et les rires sur son passage le meurtrissent douloureusement… il voudrait tant imposer le respect… Cela dit, ne vous méprenez pas, il a du succès auprès de la gent féminine et plusieurs grandes dames auraient adoré le

1. Membre de la dynastie régnant en Iran à cette époque.

débarrasser de sa soutane, seulement c'est un séducteur qui aime les défis et qui sélectionne celles qui partagent sa couche. Mon statut de princesse a joué dans le fait que nous nous sommes côtoyés durant près de trois années, cela et bien d'autres choses, souligna-t-elle de sa voix caressante. Évidemment, c'était avant qu'il ne se mette en ménage avec Mademoiselle de Chevreuse et ne me transforme en ennemie devant le peu de gêne qu'il a alors manifesté pour se débarrasser de moi…

À ces mots les yeux de l'Orientale prirent un éclat incandescent et François sut que c'était la haine d'avoir été quittée qui motivait l'aide qu'elle lui apportait. La belle Persane n'avait pas supporté d'être reléguée au second plan et elle ne s'en cachait pas. François pensa qu'il fallait être fou pour transformer une telle créature en adversaire avide de vengeance.

— Tout cela pour vous dire qu'il n'est pas homme à accepter de rester simple coadjuteur de Paris. Le cardinalat est son but suprême et il tentera de détruire tous ceux qui se mettent en travers de son chemin, comme Mazarin, d'autant qu'il estime sincèrement être celui qu'il faut pour diriger la France. Et puis j'étais en sa compagnie le soir du 26 août 1648 après que la reine eut refusé ses services en l'humiliant devant toute la cour. C'est cela qui a entraîné son basculement dans la Fronde : par conviction mais aussi par intérêt, toujours pour décrocher son Graal : ce fameux chapeau qu'on lui refuse. Maintenant, devant la morgue de Condé, je suppose qu'il espère un rapprochement avec la régente. Ah, Messieurs, vous êtes tous tellement dépendants de ces hochets, symboles de pouvoir…

Vous imaginez aisément que ce projet serait irrémédiablement compromis si l'on savait ce qui s'est passé un certain soir de novembre dans les bois de Versailles.

François dressa l'oreille, impatient de connaître la teneur du chantage mené contre Gondi qui expliquerait le meurtre de Violette et l'enlèvement de Nolwenn. De le voir suspendu à ses lèvres comblait d'aise Mizgin qui avait pris un plaisir infini à l'obliger à écouter patiemment toutes ses explications avant de livrer le fin mot de l'histoire.

— Continuez je vous en prie…

— Rien ne me ferait plus plaisir. Ai-je votre parole que vous honorerez votre dette ?

— Ma parole de gentilhomme, répliqua François avec conviction.

— Quelle ardeur, Chevalier, votre épouse a beaucoup de chance assurément, dit-elle tranquillement, éprouvant une satisfaction perverse non dissimulée à le faire attendre. Assez joué, je vais vous dire ce que vous voulez savoir. Ce fameux soir de novembre, Gondi s'est battu en duel avec un jeune aristocrate à peine débarqué de sa province qui avait eu l'audace de le souffleter en public pour une peccadille. L'eût-il voulu que l'affront était ineffaçable. Tout Cours-la-Reine y avait assisté et chacun savait que malgré la loi cela se résoudrait l'épée à la main. Et ce fut le cas dans les formes de l'art, en présence de témoins. Paul a essayé de ne faire que blesser le freluquet, hélas son offenseur y a mis une telle hargne que cela a été impossible. Il a utilisé une de ses bottes secrètes et son adversaire a eu la gorge transpercée.

Mizgin s'interrompit pour se resservir un peu de thé qu'elle se mit à boire lentement. François, que son petit jeu agaçait souverainement, lui saisit le verre des mains et le reposa vivement sur le plateau en agrippant son épaule avant de hausser le ton :

— Allons Madame, cessez ce manège, me direz-vous enfin pourquoi ce duel serait si scandaleux qu'il en soit réduit à l'assassinat pour qu'on ne l'apprenne pas ? Tout le monde sait qu'un combat est susceptible d'entraîner la mort de l'un des participants et tous acceptent le principe de la nécessité du caractère secret de tels affrontements : un bretteur peut succomber, conclut-il, excédé.

Aussitôt il vit la porte s'entrouvrir pour laisser passer l'eunuque de la dame à l'expression hostile. Mizgin rit en lui intimant l'ordre de se retirer, s'abstenant de rectifier son décolleté mis à mal par la poigne de son visiteur qui laissait apercevoir une gorge voluptueuse.

— Un homme peut mourir… mais certainement pas une novice échappée d'un couvent ayant usurpé l'identité de son frère pour se soustraire aux recherches entreprises par sa famille. Pour quelqu'un ne supportant pas les railleries et qui veut recevoir la plus haute distinction ecclésiastique ainsi que l'approbation de la haute société, avouez qu'il y a mieux que d'occire une damoiselle. Bien sûr il ne le savait pas, néanmoins cela n'aurait rien changé aux yeux de ses détracteurs et à l'opprobre que cela aurait engendré. Il a tout fait pour étouffer l'affaire, grandement aidé par la famille de la victime qui voulait éviter le scandale. Il faut croire qu'un curieux, et je soupçonne Violette de Goyon, ait eu vent de l'affaire et ait réuni des preuves pour le faire chanter.

François se laissa aller sur les coussins. Il comprenait mieux ce qui avait pu pousser Gondi à s'associer avec le Crochu pour retrouver Violette. La situation avait certainement dégénéré. Il fallait lui apprendre la vérité au plus vite car si le portrait qu'en avait dressé Mizgin était fidèle au personnage, il restait un réel espoir de sauver Nolwenn.

— Vous m'avez dit que vous savez où il se cache ?

— Se cacher est un grand mot. On m'a rapporté qu'il s'est enfermé à l'archevêché pour rédiger un des pamphlets dont il a le secret, visant certainement cette fois-ci le Grand Condé dans l'espoir de gagner le cœur de la reine. Vous l'y trouverez là-bas à n'en point douter, son cloître est son refuge favori.

François réfléchissait déjà aux hommes qu'il emmènerait et au nombre qu'il fallait réunir pour affronter Gondi quand il sentit la main de la Persane agripper son bras.

— Et votre promesse, Chevalier, il faut vous acquitter de votre dette.

— Je l'honorerai, Madame. Annoncez-moi la somme qui vous semble juste et je vous la fais parvenir dans l'heure.

— Il me semble, Seigneur, que vous avez tout ce qu'il faut ici.

Sur ce la belle dégrafa le manteau d'intérieur qui la recouvrait et le laissa lentement glisser jusqu'au sol. Sous l'effet de la fraîcheur les pointes de ses seins durcirent et elle profita de la stupéfaction de François pour s'emparer de son poignet afin de l'obliger à se rapprocher de la cheminée dissimulée au bout de la pièce devant laquelle étaient étalées plusieurs peaux de bête. Uniquement vêtue d'un dessous transparent, elle s'offrit à son invité sidéré par son comportement, partagé entre l'envie de la quitter au plus vite et le désir impérieux de prendre possession de cette femme qui se livrait sans retenue, l'indécision le figeant sur place.

Alors que son esprit lui intimait l'ordre de se ressaisir, son corps réagissait à la chaleur de sa tentatrice occasionnant une pulsion violente presque douloureuse. La tension insoutenable qu'il ressentait exigeait qu'il se laisse aller à cet élan et, sans pensée réellement consciente, il tendit la main vers celle qui se donnait sans fausse pudeur et l'attira, collant ses lèvres sur cette bouche entrouverte. Elle le débarrassa de sa redingote puis de sa chemise avec un petit rugissement de victoire.

La première étreinte fut violente avec des baisers qui tenaient plus de la morsure, François ne ménageant pas une partenaire qui ne souhaitait pas l'être, la pénétrant brutalement, leurs cris rauques se mêlant à l'unisson. Enfin François la laissa pantelante sur les coussins. Il crut pouvoir se relever lorsqu'elle l'agrippa en le faisant retomber sur elle.

— Frappe-moi, exigea-t-elle.

François ne comprenant pas assez vite à son goût, elle le griffa au cou jusqu'au sang.

— Frappe-moi, réitéra-t-elle en faisant mine de faire un geste menaçant vers sa virilité.

François eut alors l'impression qu'on ouvrait une digue à l'intérieur de lui permettant l'émergence d'une volonté de faire mal qu'il ne se connaissait pas. Il la gifla à toute volée, ce qui la ravit, et elle lui bondit dessus, cherchant à le marquer d'une estafilade avec un poignard qu'elle avait sorti de sous un des poufs colorés. François l'envoya valser d'une main, la saisissant par les cheveux de l'autre, l'obligeant à subir des coups de reins comme jamais il n'en avait infligé auparavant. L'échange les laissa tous deux hors d'haleine, ruisselants de sueur devant le feu.

Mizgin se releva la première avec une aisance féline pour reprendre sa robe restée à terre.

— Tu peux partir, nous sommes quittes…

François ne répondit pas. Il avait du mal à accepter la scène qu'il venait de vivre, se trouvant honteux de ce qu'elle avait provoqué en lui, embarras d'autant plus grand qu'il avait ressenti une intense jouissance ignorée jusqu'alors, lui permettant la satisfaction d'appétits dont il ne soupçonnait pas l'existence et qu'il lui déplaisait d'éprouver. Il se rhabilla sous le regard moqueur de son hôtesse que son désarroi amusait puis la salua avant de se diriger vers la porte qui s'ouvrit à peine touchée révélant l'expression sibylline de l'eunuque qui, d'un geste, lui désigna le chemin de la sortie. Gervais l'y attendait. Devant la mine de son maître il n'émit aucun son, préférant ne pas savoir, résolu à ne jamais revenir dans l'antre de celle qu'il considérait être une sorcière. François guida mécaniquement sa monture vers l'hôtel Bessières, tentant de chasser la culpabilité qui l'assaillait, la honte d'avoir trompé son épouse enlevée se le disputant au dégoût de s'être comporté en animal, amer de constater y avoir pris un plaisir effréné. Gervais s'effraya de le voir passer par le Pont-Neuf, lieu à contourner de nuit si l'on voulait éviter les attaques de la canaille, mais par chance ils ne croisèrent pas âme qui vive, à son grand soulagement, pas à celui de son maître qui manifestement rêvait d'en découdre.

12

Mi-mai 1651

La lumière du soleil levant pointait à peine à l'horizon qu'on s'affairait déjà à la tâche dans une des ruelles débouchant sur le parvis de Notre-Dame. Sur des planches posées à même le sol s'étalaient une multitude de feuillets tout juste sortis de l'imprimerie et plusieurs hommes s'activaient afin de les glisser en grosses liasses dans de solides sacoches en cuir qu'on remettait ensuite à la file constituée d'une cinquantaine de colporteurs. Plus loin une troupe de vigoureux gaillards, gourdin à la ceinture, patientaient en plaisantant, chargés de les escorter pour leur permettre de propager sans être inquiétés leurs pamphlets dans les artères de la capitale.

Un coup de vent subit surprit un des commis à la distribution et, malgré son geste rapide de la main en direction des piles d'écrits, il ne fut pas assez prompt pour empêcher l'envol d'une des premières copies qui, peu à peu, entraînée par la bourrasque, prit de l'altitude pour aller disparaître derrière la cheminée d'une habitation toute proche. Arnaud de Saldagne, dissimulé de l'autre côté du toit en compagnie de François, la reçut en pleine figure, ce qui provoqua son hilarité, vite refrénée pour éviter de se faire repérer. Il retourna la page et chuchota :

— « Défense de l'ancienne et légitime Fronde »… Voici donc le résultat de la retraite de notre ami le coadjuteur, dit-il en lisant les premières lignes du libelle. Cela m'a l'air d'une attaque en règle contre Condé !

— Tu vois vraiment Gondi se rallier à la reine ? murmura son compagnon en se rapprochant pour parcourir à son tour le document, prenant mille précautions pour ne pas déplacer les ardoises où il prenait appui.

— Avec cet animal-là il est bien difficile de savoir en faveur de qui il va retourner sa veste… mais je pense qu'il n'a pas réellement le choix. Le clan Condé a exercé de telles pressions sur Gaston d'Orléans qu'il sait pertinemment qu'il ne peut plus compter sur son protecteur surtout lorsque ce dernier est affecté d'une telle faiblesse de caractère. Je crois qu'il a préféré prendre congé de Monsieur avant d'être trahi et qu'il s'est réfugié dans son cloître pour échapper à ses adversaires, à raison : c'est une véritable place forte. Regarde, cela fait trois jours que nous essayons sans succès de percer ses défenses.

— Par contre ce matin nous nous lançons coûte que coûte, conclut François dont l'envie de se battre se trouvait décuplée par cette attente forcée.

Depuis son entrevue avec Mizgin, le gentilhomme n'avait qu'un désir : croiser le fer et il aurait immédiatement débusqué Gondi dans sa retraite s'il l'avait pu. Naïvement, il imaginait se faufiler entre les mailles du filet et berner la vigilance de ceux qui assuraient la sécurité du coadjuteur. Il s'était donc rendu sur place, à Notre-Dame, avec Gervais pour seule couverture et là il avait été désagréablement surpris en constatant qu'il avait sous-estimé l'efficacité du dispositif mis en place pour protéger le couvent de toute intrusion extérieure. Le baron d'Annery, ami intime de Gondi, l'avait rejoint avec plusieurs chevaliers pour servir de garde rapprochée dans le cloître. Il ne fallait pas espérer en franchir la porte car tous les colonels et capitaines du quartier, chèrement rétribués par Gondi, en surveillaient attentivement les allées et venues, prêts à donner le signal en cas d'intervention inamicale à la cinquantaine d'officiers écossais menés par le comte de Craffort, nouvel allié du coadjuteur, qu'il avait habilement logé à ses frais chez l'habitant tout le long de la rue Neuve. Même les rares sorties de nuit de Gondi pour se rendre à l'hôtel Chevreuse étaient imprévisibles et toujours effectuées en compagnie de Malclerc, son fidèle écuyer, et d'une troupe de gardes armés.

François se vit donc dans l'obligation de demander l'aide d'Arnaud qui se montra très enthousiaste à apporter son appui, ravi de pouvoir se confronter aux spadassins qui l'avaient séquestré à Noisy et lui avaient infligé une blessure d'amour-propre plus cuisante que celle reçue à l'épaule. Ils avaient donc convenu de maintenir une surveillance discrète autour du refuge de l'ecclésiastique afin de pouvoir au moment opportun provoquer un face-à-face. Et l'occasion était arrivée : Gondi finissait de se préparer, ayant programmé de se rendre au Palais-Royal un peu plus tard pour narguer Condé qu'il étrillait dans ses écrits, dès que le

Tout-Paris en aurait eu la primeur. Rassuré par ses espions chargés de surveiller étroitement le clan adverse, il se croyait à l'abri, n'ayant pas envisagé que le coup puisse venir d'ailleurs et encore moins qu'il résulte du désir de vengeance d'une ancienne maîtresse.

Arnaud avait positionné ses hommes déguisés en mendiants au bout du parvis, prêts à intervenir en cas de nécessité, tandis qu'accompagné de François ils avaient prévu de s'introduire dans le cloître par les toits à la faveur d'une diversion savamment orchestrée. À l'heure dite, au rez-de-chaussée, dans les cuisines du couvent, résonnèrent les appels d'une servante grassement rémunérée pour crier au feu après qu'un complice eut versé dans le foyer d'une des cheminées une substance provoquant immédiatement une fumée noire et abondante. Branle-bas de combat général : tous les chevaliers descendirent voir ce qu'il en était. Seul Malclerc resta en faction auprès de son maître qui terminait de s'habiller.

Lorsqu'il perçut un choc sourd provenant de la toiture suivi d'un bruit de verre brisé tout proche, il sortit immédiatement son épée de son fourreau devinant que l'alerte incendie n'était qu'une ruse. Gondi pâlit et s'arma rapidement : Condé avait-il décidé de le faire assassiner en plein cloître ? Il n'arrivait pas à y croire, cependant il fit courageusement face à l'adversaire. Son étonnement fut à son comble quand il reconnut, avec difficulté étant très myope, le baron de Saldagne en train d'échanger les premières bottes avec son écuyer suivi de près par le chevalier de Rohan Montauban. La reine était-elle à l'initiative de ce traquenard ?

Le prélat essaya d'avertir ses serviteurs du subterfuge mais il régnait en bas un désordre indescriptible rendant inaudibles ses tentatives d'autant que François le forçait par ses assauts à se replier dans sa chambre. Menaçant le coadjuteur de son arme, il lui ordonna de rappeler son écuyer, ce qu'il fit de bon gré dans l'espoir de mettre fin à cette attaque déconcertante de la part de fidèles de la régente.

— Messieurs, tout cela est ridicule, je suis comme vous un dévoué partisan de Sa Majesté et je m'insurge contre votre irruption armée en ces murs, s'exclama-t-il en apostrophant les deux gentilshommes.

— Son Altesse n'est pour rien dans notre intervention. Voyez-y plutôt une revanche personnelle, dit le baron tout sourire en maintenant sa position de défense face à Malclerc.

— Par tous les saints, vous ne pouvez agir ainsi à cause de cette malheureuse affaire de Noisy qui était un simple malentendu, s'étonna Gondi, complètement éberlué.

— Un simple malentendu qui a failli me coûter la vie sans l'intervention d'un proche, rétorqua Arnaud.

— Je conçois que mes hommes y soient allés un peu fort, transigea son interlocuteur. Ils devaient vous libérer à l'issue de la réunion et en aucun cas vous blesser.

— Fort bien, excuses acceptées, s'exclama le baron en rengainant son arme sous l'œil ébahi de l'écuyer et de son maître. Je vous ai prouvé que vous êtes à portée de ma lame et cela suffit à restaurer mon honneur. En réalité nous sommes ici pour une tout autre affaire…

Il ne put continuer car les chevaliers, ayant compris la mystification, venaient de remonter les escaliers en nombre et d'ouvrir la porte avec fracas, prêts à fondre sur ceux qui avaient osé les duper. Arnaud se contenta de les observer sans broncher. Ce fut François qui rompit le silence.

— J'ai à vous entretenir d'un duel ayant eu lieu un certain soir de novembre dans les bois de Versailles, se contenta-t-il d'énoncer.

Gondi se passa la main sur le visage, sidéré par ses propos. Il avait envisagé cette journée comme celle de son triomphe sur Condé et déchantait notablement : que voulaient donc ces deux oiseaux-là, sortis d'on ne sait où, pour déterrer cette sombre affaire qu'il pensait derrière lui et souhaitait pardessus tout oublier ?

— Mes amis vous pouvez redescendre, je vais recevoir en particulier ce… visiteur.

La troupe de chevaliers semblait indécise sur la conduite à tenir.

— Je vous assure, insista Gondi, tout va pour le mieux.

Les soldats haussèrent les épaules tandis que l'aide de camp d'Annery leur faisait signe de quitter la pièce. Arnaud salua le coadjuteur en déclarant :

— Je vais les accompagner en signe de bonne volonté.

Et il se dirigea crânement vers l'escalier, paraissant très à son aise parmi l'escadron aux visages peu amènes des mercenaires, furieux d'avoir été bernés et éprouvant une forte envie de lui faire passer le goût de les défier.

François se retrouva seul avec Gondi pour une explication d'homme à homme, craignant devant sa surprise non feinte de ne pas obtenir ce qu'il était venu chercher. Le coadjuteur l'entraîna à sa suite vers une pièce en retrait où il découvrit, dans une croisée, une splendide volière.

— Eh oui mon cher, j'aime admirer ces volatiles… parfois je me demande si leur compagnie ne me réussit pas mieux que tous ces gallinacés de la cour.

François ne put s'empêcher de sourire. Pendant que Gondi lançait quelques morceaux de pain à ses familiers, il l'observa à loisir. Franchement l'ecclésiastique ne payait pas de mine : petit, mal fait avec un buste trop développé pour ses courtes jambes, noir de cheveux et de peau, fort loin des canons de beauté favorisant le teint laiteux et la blondeur, il semblait être une bévue de Dame Nature. Pourtant il dégageait un véritable charisme et, quand son regard myope se braquait sur vous, on ressentait cette flamme qui l'habitait et l'on devinait alors qu'on avait en face de soi un être d'exception. François remarqua qu'il portait l'épée au côté, ce qui ne le surprit pas vu la réputation de fameux bretteur que nul n'aurait osé lui contester. Ne disait-on pas qu'il avait un soir volé au secours d'un seigneur attaqué sur le Pont-Neuf par une demi-douzaine de malandrins et qu'il l'avait sauvé en réussissant seul à les mettre en fuite ?

— Je vous écoute, Monsieur de Rohan Montauban… Ne prenez pas cet air surpris, j'étais à l'anniversaire du roi et j'ai assisté à la tentative d'attaque de Madame de Chevreuse. Sachez d'ailleurs à ce propos qu'elle regrette de s'être alliée par le passé avec votre oncle[1].

---

1. Voir *L'héritier des pagans*.

L'expression de François se durcit, Gondi paraissait mieux voir lorsque cela lui était utile et l'évocation d'un nom exécré raviva son ressentiment.

— Madame de Chevreuse pourrait le regretter plus encore s'il n'en tenait qu'à moi... N'allons pas par quatre chemins, vous devez savoir que je me moque de ce qui s'est passé et de l'identité de la personne que vous avez tuée en duel. Violette de Goyon est morte et nul ne songe plus à vous faire chanter. Bien qu'elles soient cousines, mon épouse ne soupçonnait pas ses activités malhonnêtes, nous n'en savions rien lorsque nous l'avons hébergée, aussi je vous demande instamment de rendre la liberté à ma femme.

Gondi écarquilla ses grands yeux de myope.

— C'est donc cela... Je suis désolé que vous vous soyez donné autant de mal pour me rencontrer car je ne suis pas celui que vous cherchez. Mademoiselle de Goyon m'a en effet extorqué une coquette somme pour garder le silence sur l'épisode fâcheux que vous venez de mentionner. Sachez qu'il m'est extrêmement pénible d'avoir été ainsi abusé au point d'avoir ôté la vie à une jeune fille, confia-t-il avec émotion. Je donnerais tout pour effacer ce drame et serais prêt à reverser le même montant exorbitant pour qu'on n'y fasse plus jamais allusion. Une fois Mademoiselle de Goyon payée je n'ai plus entendu parler d'elle et suis au regret de vous dire que je n'ai aucune idée de l'endroit où se trouve votre épouse. Je ne suis pas l'homme que vous recherchez.

François le scruta attentivement et dut se rendre à l'évidence : il ne mentait pas. Dissimulant son abattement il allait prendre congé quand Gondi rajouta :

— Toutefois j'ai ma petite idée sur son identité.

François s'arrêta net puis se retourna lentement.

— J'ai fait surveiller un temps Mademoiselle de Goyon pour savoir à qui exactement j'avais affaire et devinez chez qui elle s'est présentée à plusieurs reprises : chez notre ennemi commun, le prince de Condé… Si elle a voulu jouer avec lui au maître chanteur, elle s'exposait à en payer le prix comme tous ceux qui lui ont offert leur protection.

François s'aperçut qu'il n'était pas réellement étonné car en son for intérieur il dut reconnaître qu'il avait toujours redouté d'avoir pour ennemi le Grand Condé. Comment déjouer un adversaire qu'une reine n'arrivait pas à contrer ? Gondi perçut son trouble et se rapprocha en disant d'une voix douce aux accents sincères :

— Chevalier, nous sommes du même bord et si je peux vous aider, je le ferai. Dites à votre ami le baron de Saldagne que nous sommes quittes et que je promets de servir ma suzeraine avec dévotion, il ne me croisera plus en travers de son chemin.

Puis il retourna à ses oiseaux, marquant ainsi la fin de l'entretien. François descendit retrouver Arnaud qui, seul face à une quinzaine de chevaliers en armes, semblait l'homme le plus détendu du monde. D'un seul regard il comprit qu'il était temps de prendre congé et le fit avec un signe moqueur en direction des soldats du baron d'Annery qui, appréciant modérément ses facéties, ne bronchèrent cependant pas sur un signe d'apaisement de Malclerc, ce dernier s'empressant de raccompagner nos deux héros jusque dans la rue.

Ils rejoignirent alors les faux mendiants stationnés à l'extrémité du parvis où Arnaud leur donna l'ordre de retourner au palais et de remettre leur uniforme. Resté seul avec François, il attendit ses explications.

— Ce n'est pas notre coupable.

— Il ne reste donc qu'une possibilité.

— Hélas oui. C'est à Condé qu'il va me falloir demander des comptes. Apparemment Violette s'est cru assez maligne pour s'attaquer à lui avant de prendre peur et de se réfugier à Mont Menat, entraînant sa meute à sa suite.

— Dans ce cas, il nous faut voir au plus vite le professeur et examiner en détail quelles cartes nous avons dans notre manche. Ne fais pas cette tête, nous savons enfin qui nous devons affronter.

François acquiesça sans enthousiasme, certes il connaissait à présent l'identité de son ennemi, néanmoins c'était une piètre satisfaction car il ne pouvait s'empêcher de penser qu'il était trop tard. S'il ne pouvait sauver Nolwenn du moins la vengerait-il, se promit-il dans un sursaut de révolte. Les deux compagnons enfourchèrent leur destrier pour rejoindre l'hôtel Bessières sans remarquer la silhouette dissimulée sous un porche qui se hâta de monter à cheval pour les suivre discrètement à distance raisonnable.

13

Mi-mai 1651
(suite)

— Arnaud, enfin ! Où est François ? demanda Louise en se précipitant sur le perron de l'hôtel Bessières au bruit des sabots sur les pavés de la cour extérieure.

Le gentilhomme, sautant à bas de sa monture, rejoignit immédiatement son épouse qui semblait envahie par une agitation extrême et, pour la rassurer, l'enlaça tendrement, enveloppant son corps tendu contre le sien tout en la faisant rentrer.

— Ne vous alarmez pas, ma douce, tout s'est bien passé, simplement sur le chemin du retour nous avons décidé qu'il irait faire le point avec notre ami Belfond avant que nous ne décidions de la conduite à tenir car…

— Cela n'a pas d'importance… il faut qu'il revienne sur l'heure !

Surexcitée, pâle, Louise n'arrivait pas à trouver ses mots et, nerveusement, elle saisit la main de son époux pour l'entraîner à l'étage. Arnaud, inquiet, comprit qu'un incident majeur venait de se produire et, songeant immédiatement à l'état de faiblesse d'Henri, se précipita à sa suite vers les appartements du vieillard.

Aux Trois Portes, où François venait de faire son entrée, l'accueil fut autrement chaleureux. Lescoffier, le patron, en le voyant arriver, s'empressa de demander où en étaient les recherches.

— Rien de nouveau, Simon, mais je crois savoir à qui j'ai affaire. Pas de traces du Crochu ?

Le tavernier hocha négativement la tête avec une petite mine contrite. À vrai dire, François s'y attendait. Il embrassa du regard les tables de l'établissement uniquement occupées à cette heure par le nombre succinct des pensionnaires des chambres de l'étage, laissant aux brus de Simon tout le loisir de s'occuper en cuisine de la préparation des repas du déjeuner dans une ambiance bon enfant où les rires fusaient. Le cadet des fils profitait de son côté du calme de ce début de matinée pour accrocher en hauteur, derrière le comptoir, des jambons et saucissons de pays destinés à faire le régal de la clientèle du midi.

— D'après vous, Belfond viendra-t-il aujourd'hui ?

— Ah ça, cela m'étonnerait fort. Depuis qu'il a trouvé sa bourgeoise, il délaisse ma table, répondit Simon d'un air faussement navré.

François s'égaya un peu en songeant au bonheur tout neuf du brave homme. Il n'avait pas encore croisé l'objet de sa flamme : le professeur aurait été ravi de lui faire connaître l'élue de son cœur mais les derniers événements n'avaient guère laissé de place aux mondanités. Il décida de se rendre à l'adresse indiquée par l'amoureux transi, celle de l'échoppe de sa mercière adorée où il était persuadé de le trouver, ses cours ne commençant qu'en début d'après-midi.

Il ne se trompait pas. La boutique n'était pas grande, quoique cossue, avec une vendeuse avenante, délaissant les étoffes qu'elle disposait pour lui proposer son aide. François lui demanda si la patronne était là et l'employée acquiesça tout en se précipitant vers l'arrière du magasin.

— Madame Boniface, Madame Boniface, on vous réclame…

Aussitôt une petite dame brune aux mèches grisonnantes, pimpante, habillée avec une élégance non tapageuse, apparut de derrière une tenture et les rejoignit, affichant un air courtois et serein. François comprit en plongeant dans ses doux yeux le réconfort qu'on pouvait y trouver : celui d'une femme qui a vécu et qui sait toujours s'enthousiasmer, le genre de personne à savoir révéler chez son prochain ce qu'il a de meilleur. Elle exécuta une révérence discrète et François se découvrit en retour tout en se présentant. À l'énoncé de son patronyme, le sourire de la mercière s'élargit.

— Je suis ravie de vous rencontrer, je suppose que vous êtes à la recherche de Monsieur Belfond.

D'un geste gracieux elle désigna l'arrière-boutique d'où le professeur identifiant le timbre de François émergeait avec empressement. Pipe à la bouche et journal en main, il les rejoignit, ravi de pouvoir exhiber sa tendre amie et à vrai dire pas peu fier de se montrer à son bras. Madame Boniface, une fois quelques paroles d'amabilité échangées de part et d'autre, s'éloigna pour ranger une pile de boîtes à aiguilles pourtant alignées avec soin et ne parut pas surprise lorsque Belfond annonça qu'il devait discuter avec François en privé.

— Montez donc à l'étage vous y serez mieux, indiqua-t-elle.

Son compagnon souleva la tenture dévoilant à François un entresol débouchant sur un étroit escalier qui permettait de gagner le logis de leur hôtesse où il avait manifestement ses habitudes. François l'y suivit et s'assit à la table au centre de la pièce, amusé de constater les efforts de Belfond pour ramasser les affaires qui prouvaient qu'il avait passé la nuit chez sa mie. Rougissant comme un adolescent, le professeur ne put s'empêcher de déclarer :

— C'est une femme formidable, vous savez.

— Je n'en doute point, mon ami, il suffit de vous voir pour le croire.

Son interlocuteur paraissait en effet rajeuni de dix ans, arborant cet air vaguement benêt que donne un bonheur simple et partagé.

— Le mariage ne me semble plus un état si peu enviable depuis que je la fréquente, confia le vieux garçon avec conviction.

Prenant subitement conscience que ses propos pouvaient heurter celui qui avait perdu son épouse, il se sentit gêné. Son visiteur le mit à l'aise en clignant des yeux d'un air affable, ce qui le rassura.

— Alors, avez-vous pu surprendre le coadjuteur dans sa retraite de Notre-Dame et lui faire rendre gorge ? enchaîna-t-il.

— Notre plan a merveilleusement fonctionné, à une chose près : ce n'est pas notre homme, dit François dont les traits du visage se durcirent.

— Il ne nous reste donc qu'une seule possibilité et pas la plus facile…

— Certes, à choisir ce n'est pas le Grand Condé que j'aurais souhaité mettre dans ma ligne de mire. Avez-vous déchiffré les lettres de Violette le concernant ?

Le professeur, embarrassé, fit une moue dubitative.

— Vous m'en voyez désolé... J'ai le plus grand mal à les décrypter. J'aurais besoin du code qui figurait sur le coffret. Je n'ai pu deviner qu'une dizaine de mots qui me laissent entrevoir ce dont il s'agit mais pas davantage et je doute sérieusement de pouvoir faire mieux même avec plus d'acharnement, vous m'en voyez navré.

— Ne le soyez pas, sans votre aide précieuse je n'aurais pas du tout pu avancer... Dites-moi ce que vous avez découvert ce sera déjà mieux que rien.

— Dans les lettres, un nom revient de façon récurrente et je pense qu'il s'agit d'Anne Geneviève de Longueville, la sœur de votre adversaire.

— La fameuse duchesse... Je me souviens de vos propos au sujet d'une relation tumultueuse avec le prince...

— Tout à fait, certains iront jusqu'à dire une passion coupable, incestueuse.

Pour l'avoir aperçue à la cour, François connaissait le charme indéfinissable qui émanait de cette grande dame qui savait captiver la gent masculine aussi bien que féminine, ce qui lui avait valu le surnom de « déesse de la paix » donné par les diplomates allemands séduits lors de son séjour à Münster lorsqu'elle négociait aux côtés de son époux le traité de Westphalie. On disait qu'elle entretenait avec son frère une relation trouble et il apparaissait que les Condés, comme beaucoup de membres de la haute noblesse, considéraient faire partie d'une élite échappant aux lois du commun des mortels, certains d'être de par leur naissance et leur sang bleu supérieurs au *vulgum pecus*, rejetant l'idée de devoir justifier leurs actes devant quiconque. Mariée à un époux du double de son âge qu'elle n'aimait pas et dont elle supportait de moins en moins la compagnie, elle multipliait les aventures extraconjugales et semblait animée d'une appétence pour la guerre civile, plus mue par la volonté d'échapper à un mariage abhorré et de mener librement sa vie que par réel goût politique.

— C'est donc à sa sœur qu'on s'en serait pris, ce qui expliquerait la réaction de Condé.

— Certainement. La duchesse s'est mise en danger et son frère détruit ceux qui pourraient l'atteindre. Je peux essayer de reprendre le déchiffrage si vous le souhaitez.

— Ce n'est pas vraiment utile. Quel que soit le secret de cette dame, je n'en ai cure. La seule chose qui m'importe est de retrouver Nolwenn saine et sauve… Il ne va pas être aisé de se confronter à cet homme. Je vais rejoindre Arnaud pour examiner avec lui les différentes alternatives s'offrant à nous.

François se leva pour prendre congé.

— Ne vous donnez pas la peine de me raccompagner, et il se dirigea vers l'escalier.

Puis, se ravisant :

— Vous voyez Malo cet après-midi ?

Belfond hocha la tête et anticipa sa demande.

— Il va mieux. Il s'investit complètement dans ses études mais je dois dire qu'il est d'humeur fort sombre pour un garçon de son âge, dit-il avec regret.

François soupira.

— Avec le temps…, argua le professeur.

— Certaines blessures ne se referment pas, l'interrompit François. Il devra faire comme nous tous : vivre avec… Prenez soin de lui pour moi, voulez-vous ?

— Avec plaisir. Si vous avez besoin de mes services n'hésitez pas à revenir ici.

François s'égailla et lui adressa un coup d'œil complice :

— Le célibat ne vous manquera pas.

Sans attendre de réponse, il quitta Belfond qui arborait un sourire radieux en se lissant les moustaches. En traversant la boutique il s'inclina devant Madame Boniface dont l'air bon et chaleureux le conforta dans l'idée qu'il y avait certainement bien du bonheur à être l'élu d'une telle femme. Il récupéra sa monture qu'il avait attachée devant la mercerie et prit le chemin de l'hôtel familial.

Les rues de Paris étaient bondées et François se laissa bercer par leur joyeuse cacophonie, mélange des appels des différents marchands ambulants vantant leurs marchandises, cris des animaux qu'on menait au marché ou à l'abreuvoir avec en écho ceux de leurs convoyeurs, éclats de rires des garnements profitant du beau temps… Il allait s'engager dans une avenue lorsqu'une clameur d'un genre différent retint son attention. Dans une venelle adjacente, un groupe d'hommes déjà avinés de bon matin avaient choisi de tuer le temps en s'en prenant au premier venu qui aurait le malheur de leur déplaire et le sort était tombé sur un frêle garçon élégamment mis et à l'apparence efféminée qu'on accusait avec mauvaise foi d'avoir frôlé l'une des brutes. L'infortuné passant avait beau arguer de son innocence et présenter ses excuses, rien n'y faisait.

— Tu vas morfler, sale sodomite, beugla le chef de la bande, se réjouissant d'avance d'en découdre à dix contre un.

Il allait asséner le premier coup à sa malheureuse victime poussée au sol quand un sifflement aigu stoppa net son geste : un seigneur, tiré à quatre épingles, épée sur le côté, arrivait d'un pas tranquille, apparemment ravi de ferrailler de bon matin.

— Attendez-moi, mon brave, avant d'entamer les hostilités, s'exclama-t-il avec ardeur.

Sous l'œil ahuri des poivrots, il s'interposa devant leur proie, lui offrant protection de toute sa mince mais athlétique stature de bretteur aguerri puis, avec nonchalance, sortit son arme de son fourreau et prit position, résolu à se battre.

— Allons-y, messieurs…

Son attitude pleine de panache ne fut pas goûtée à sa juste mesure par la douzaine d'énergumènes qui s'avançaient en sortant leur couteau, prêts à s'abattre sur celui qui crânement leur faisait face. François n'appréciait guère un rapport de force aussi inégal et s'approcha pour intervenir quand il reconnut l'audacieux gentilhomme en la personne du comte de Lagne, son hôte lyonnais, époux de la belle Italienne qui lui avait sauvé la mise lorsque, avec Arnaud, grièvement blessé, ils s'étaient enfuis des galères. Pendant que de Lagne, d'une habile botte, désarmait son premier assaillant en le propulsant sur les autres malotrus, François se dépêcha d'attacher son cheval et alla se placer à sa droite, en renfort. Remarquant le chevalier qui lui prêtait main-forte, l'intrépide duelliste le salua d'un :

— De Rohan Montauban, ravi de vous revoir mon cher… Terminons-en avec ces Messieurs avant que je ne vous conduise présenter vos hommages à Gabriela.

À eux deux, ils réussirent à mettre en déroute la troupe d'ivrognes qui, au premier sang versé, comprenant que les deux aristocrates ne renonceraient pas, aima mieux déguerpir avant l'arrivée de la milice du guet.

Un peu dépité de ne pouvoir en embrocher un ou deux, de Lagne alla relever leur souffre-douleur toujours à terre et l'aida à épousseter sa redingote tout en lui enjoignant d'éviter ce quartier à l'avenir ou du moins d'être armé. Le jeune garçon déversa un flot de remerciements avant de s'esquiver sous le regard circonspect de son sauveur.

— Mignon, quoique manquant cruellement d'estomac… Ah, mon cher François, la vie n'est pas tendre avec ceux qui dérogent à la norme… Venez, allons rejoindre Gabriela, elle se charge d'alléger ma bourse dans une boutique voisine.

François lui emboîta le pas, enchanté de revoir l'épouse de cet individu iconoclaste, jaloux comme un tigre d'une conjointe qu'il adorait sans jamais en partager la couche puisqu'il préférait la gent masculine. Gabriela, aussi ravissante que dans son souvenir, fut extrêmement heureuse de le revoir et, ayant appris le malheur qui le frappait par le biais de son amie Ninon de Lenclos, y fit une allusion discrète pour l'assurer de son soutien. Le gentilhomme qui n'ignorait pas sa répugnance à aborder tout sujet fâcheux lui en fut redevable tout en ne sachant que répondre. De Lagne brisa le silence en disant à François de ne pas hésiter à faire appel à ses services s'il avait besoin de bretteur de qualité.

— Je considère être votre obligé, mon cher, aussi suis-je à votre disposition en cas de nécessité.

François se sentit touché par la bienveillance manifestée par ce drôle de couple et prit congé un peu abruptement afin de dissimuler son émotion. Il récupéra sa monture là où il l'avait laissée et regagna l'hôtel Bessières au petit trot. Il venait à peine de pénétrer dans les écuries que Gervais en l'apercevant se mit à hurler « Madame, Madame » d'une voix stridente que son maître ne lui connaissait pas. S'appropriant les rênes du cheval, il poussa littéralement François hors des box avec une familiarité qui surprit le gentilhomme sans être toutefois comparable à l'effarement ressenti devant l'attitude de Louise à la limite de l'hystérie qui s'agrippa à son plastron avant de le propulser dans l'escalier. Il dépassait alors Arnaud qui descendait sans pouvoir échanger une parole, mené par la poigne insoupçonnée de son aînée qui ne le lâcha, malgré ses protestations, que devant la porte de sa chambre.

À l'intérieur, sur le lit à baldaquin, une femme dormait dos tourné au visiteur. François, complètement hypnotisé par sa chevelure auburn, avança d'un pas de somnambule sans oser la toucher de crainte qu'elle ne disparaisse. Nolwenn se retourna dans son sommeil, offrant son visage à son époux qui, saisi, n'esquissa pas le moindre geste, ne se hasardant même pas à respirer de peur de voir s'évanouir ce prodige. Interdit, il lança un regard vers Louise qui se contenta de hocher la tête, aussi émue que son frère. Quelque chose se brisa en lui devant la certitude absolue que c'était bien son épouse saine et sauve et il se laissa tomber à ses pieds en foulant le drap sans émettre un son, des larmes de soulagement intense inondant sa figure tandis qu'il la regardait dormir. Louise referma la porte sans faire de bruit et courut rejoindre Arnaud.

— Cela se passe bien ?

— Il ne l'a pas réveillée, il se contente de la contempler.

— Il a besoin de se persuader qu'il ne rêve pas, comme nous tous d'ailleurs…

— C'est un miracle ! s'enthousiasma Louise en serrant son époux contre elle avec force.

Son mari l'embrassa tendrement sur les lèvres.

— Un miracle, oui, et il y en aura d'autres, vous verrez, promit-il en posant une main sur son ventre, convaincu qu'un jour leur espoir se concrétiserait.

Lorsque Louise l'avait accueilli de si étrange manière, Arnaud avait cru Henri mourant et avait été également stupéfait d'être conduit au chevet de Nolwenn. Son épouse avait alors raconté comment, durant leur absence, aux premières lueurs du jour, un carrosse sans armoiries avait fait une brève halte devant leur porche prenant à peine le temps de débarquer la malheureuse retrouvée en piteux état par Gervais qui sortait promener Perceval, poignets liés et yeux bandés. Immédiatement alertée, Louise l'avait lavée, nourrie et couchée dans un bon lit puis envoyé quérir leur médecin de famille retenu trois rues plus loin par un accouchement difficile. Nolwenn, choquée, avait prononcé très peu de mots ayant apparemment du mal à croire son cauchemar terminé.

Henri apparut à son tour, droit dans sa chaise roulante poussée par un Gervais à l'air guilleret.

— Il est rentré ? s'enquit le chef de famille.

— Ils sont ensemble, Père.

Le vieil homme soupira longuement, il avait tellement craint de ne plus voir cela de son vivant…

— Je vous propose de prier ensemble pour remercier Dieu de sa mansuétude.

Et c'est ce qu'ils firent.

À l'étage, François ne se rassasiait pas du spectacle de Nolwenn endormie. Passés les premiers instants d'émotion pure liant soulagement et joie, il constatait avec horreur les traces qu'une incarcération prolongée avait laissées sur sa compagne et la colère le submergeait. Nolwenn n'était plus que la pâle copie de l'image qu'il avait conservée d'elle : amaigrie, de larges cernes assombrissaient son visage aux traits émaciés encadré de cheveux devenus ternes. Le pire était les marques qu'elle portait aux poignets, preuve qu'on l'avait attachée sans ménagement au point de provoquer des plaies qui s'étaient infectées.

La jeune femme gémit dans son sommeil et se retourna. Il s'allongea à son côté, heureux de sentir la chaleur de son corps contre le sien. Subitement Nolwenn s'agita en proie à un mauvais rêve et ouvrit brutalement les yeux avec le prénom de son époux sur les lèvres.

— Je suis là mon amour, calme-toi, tu es à l'abri…

Nolwenn le reconnut et comprit qu'elle était bel et bien réveillée. Elle n'émit pas un bruit, se contentant de se blottir contre lui en position fœtale. François voulut la presser contre son cœur mais elle se raidit. Une longue minute ils restèrent ainsi en silence puis Nolwenn, d'une main timide, prit celle de François et la posa sur son ventre. Le gentilhomme ne réalisa pas immédiatement ce qu'il découvrit sous sa paume. Enfin, il comprit que son épouse était enceinte. Devant le regard plein d'espoir de cette dernière, il se força à sourire tandis qu'au fond de lui une main glacée étreignait son cœur l'empêchant de dire un mot.

14

29 juin 1651

La fin d'après-midi s'annonçait magnifique tout comme cette journée où Gabriela et Nicolas de Lagne s'étaient évertués à éblouir et ravir chacun de leurs invités. Après une course de chevaux haletante, tous les convives se dirigèrent vers un petit lac artificiel où de ravissantes tonnelles et des tables chargées de rafraîchissements et d'amuse-bouches les attendaient. Le maître et la maîtresse des lieux donnaient toujours une somptueuse réception à cette période de l'année, connue du Tout-Paris, où l'on pouvait apercevoir la fine fleur de la haute société, avide de voir et d'être vue dans leur splendide propriété proche de Chantilly destinée à rivaliser avec la fastueuse demeure adjacente du prince de Condé.

Le château de style Louis XIII en pierre et brique était de taille modeste par rapport à son voisin mais admirablement mis en valeur par une décoration audacieuse sans faute de goût qu'on devait à Charles Lebrun faisant la part belle aux œuvres d'art des plus grands artistes de l'époque : Vouet, Poussin, Gellée… La propriété, enserrée dans un luxuriant écrin de verdure, offrait de plus de superbes jardins aux élégantes allées débouchant çà et là sur de charmants bosquets propices aux ébats amoureux, à l'abri des regards, agrémentés de grands pots colorés d'Italie ainsi que de statues choisies par Gabriela. Beaucoup moins classiques que celles habituellement exposées, ces dernières faisaient jaser les visiteurs, ce qui la ravissait.

Les Rohan Montauban étaient évidemment de la fête, excepté Henri resté à Paris avec Gervais. François, marchant avec Nolwenn, voulut l'aider à parcourir le chemin de gravier peu commode dans son état avec des talons en lui proposant son bras, ce qu'elle refusa en s'écartant, faisant mine de ne pas remarquer son geste. François la laissa le dépasser sous l'œil navré de Louise qui les suivait de près, accompagnée de son époux et qui se dépêcha de rejoindre sa belle-sœur.

Arnaud tenta d'apaiser son ami qui, mâchoires contractées, observait sa compagne s'éloigner.

— Laisse le temps faire son œuvre, François, elle a vécu une terrible épreuve…

— Je ne crois pas que le temps changera quoi que ce soit au fossé qui ne cesse de croître entre nous.

Son beau-frère ne sut que dire pour atténuer son désarroi. Le retour de Nolwenn, tant espéré, n'avait pas permis les retrouvailles escomptées mutuellement. La jeune femme n'avait réussi à survivre durant sa captivité que grâce à ce petit être qui se développait dans son ventre et qu'elle voulait à tout prix préserver. Elle n'avait pas compris ni accepté la réaction de François qui n'avait pu apprendre la nouvelle avec l'enthousiasme qu'elle imaginait, complètement désarçonné par cette grossesse inattendue, déconcerté par ce corps transformé qu'il ne reconnaissait pas et surtout assailli par un doute extrêmement douloureux qu'il n'osait formuler à haute voix : était-il réellement le père de ce futur enfant ?

Plus grave, leur attitude face à l'enlèvement et la mise à sac de Mont Menat les opposait irrémédiablement. Nolwenn avait évoqué brièvement la période vécue dans l'ancienne forteresse mais ensuite ses conditions de détention avaient été si éprouvantes - dissimulée dans un souterrain boueux d'une habitation isolée - qu'elle n'arrivait pas à en parler. Nolwenn voulait à tout prix oublier et se reconstruire en préparant la venue au monde de son nouveau-né alors que François ne rêvait que de vengeance à l'encontre de Condé pour lequel il ressentait une haine farouche dont le prince aurait déjà fait les frais si Arnaud, mandaté par la reine, ne lui avait interdit d'agir, la régente se réservant le droit de décider du sort à réserver à l'illustre personnage. François assistait à la lente désagrégation de son couple, totalement impuissant à en changer le cours, supportant de plus en plus mal les rebuffades de sa compagne.

— Dans ce cas, agis, fais l'effort d'aller vers elle en t'armant de patience car c'est ton épouse qui a le plus souffert dans cette histoire, l'exhorta Arnaud, affligé de constater leur entêtement. Vous êtes tous deux dotés de la même fieffée caboche de Breton, aussi têtus l'un que l'autre, s'exclama-t-il devant l'air renfrogné de François. Allez, lance-toi !

Et il planta là son interlocuteur, s'empressant de rejoindre Louise, la forçant à accélérer pour distancer Nolwenn. Cette dernière, surprise, s'était arrêtée, indécise. François la rattrapa et prit d'autorité son bras.

— Nolwenn, je ne supporte plus votre bouderie. Laissez-moi une chance de vous faire oublier nos problèmes. Que dois-je faire ?

— Vous pourriez peut-être commencer par vous intéresser à notre futur enfant, répondit sa femme d'un ton cinglant.

François la regarda et eut l'impression d'avoir une étrangère en face de lui. Sans s'en rendre compte, il se mit à utiliser le tutoiement de leur enfance.

— Que veux-tu dire ? J'attends qu'il naisse tout simplement.

— Tu ne m'as pas répondu lorsque je t'ai parlé du choix des prénoms !

— Nous avons de longs mois devant nous…

— C'est bien là le problème, tu considères que nous avons le temps, que cela peut attendre et je dois me plier à ton bon vouloir ! Ce bébé est au centre de toutes mes préoccupations et toi tu me parles de tout sauf de lui… La seule chose qui paraît vraiment importante à tes yeux c'est de prendre ta revanche sur Condé ! Comme si cela devait changer ou réparer quoi que ce soit…

François jeta un coup d'œil à la ronde pour vérifier qu'ils n'étaient pas à portée de voix d'oreilles indiscrètes avant de répondre :

— Cet homme ne mérite-t-il pas d'être châtié pour tout ce qu'il t'a obligée à endurer ?

— Ce que j'ai enduré, tu viens de le dire, or moi je ne souhaite pas me venger, je veux juste extirper ces horribles souvenirs de ma mémoire.

De fait Nolwenn s'était très peu confiée sur ses conditions de détention. Elle n'avait eu que des contacts sporadiques avec ses geôliers. Le Crochu venait rarement vérifier la manière dont se portait sa captive sauf un soir où, inquiet de la toux qui la tenaillait, il était revenu avec une complice qui avait confectionné un cataplasme et lui avait prodigué quelques soins avant de s'éclipser. L'unique information qu'elle ait pu donner était une conversation qu'elle avait surprise un jour qu'on l'avait déplacée et où Crochu, la croyant sans connaissance, avait ordonné à ses hommes qu'on la nourrisse mieux « s'ils ne voulaient pas faire les frais de la colère de Monsieur le Prince ». Pour François, cela confirmait la culpabilité de Condé qu'il soupçonnait d'avoir voulu récupérer les lettres concernant sa sœur Anne Geneviève afin de la protéger de ses agissements coupables tout en s'emparant des écrits incriminant Gondi et Mazarin, ce qui lui aurait donné barre sur ses pires ennemis. L'existence d'une courtisane comme Violette de Goyon ne pesait pas lourd pour un tel personnage et François était persuadé que Nolwenn ne devait la vie sauve qu'à l'enfant qu'elle portait et à l'incroyable morgue du vainqueur de Rocroi qui considérait certainement être dispensé de rendre des comptes de ses agissements. Quand il avait compris qu'il ne détenait pas la bonne personne, une femme enceinte de surcroît, il avait vraisemblablement hésité plusieurs semaines avant de la faire relâcher, convaincu que nul n'oserait demander justification de cet enlèvement puisqu'il y avait eu libération. Le cynisme et le dédain du prince pour ceux qu'il brisait sur son passage ulcéraient François qui, depuis lors, ne rêvait que de le provoquer en duel et l'aurait déjà entrepris sans l'intervention d'Arnaud qui le lui interdisait au nom de la reine.

— Nolwenn, on ne peut prétendre qu'il ne se soit rien passé, s'emporta François.

Puis s'adoucissant :

— Songe à l'assassinat de Violette, à la mort du petit Enzo et de nos gens de Mont Menat, à la disparition de Lénora et à la souffrance éprouvée par Malo. Cet individu ne doit plus être en mesure d'agir de la sorte, il doit être puni pour ses crimes. Je considère que c'est mon devoir de le faire.

— Et si je n'en veux pas, moi, de votre vengeance ? Quel que soit mon ressenti je dois donc me plier à vos décisions ?

La prunelle dure, Nolwenn le contemplait avec une animosité incompréhensible pour son époux.

— Que me reprochez-vous avec tant de virulence, de tenter de réparer le mal que l'on nous a fait, de vouloir vous préserver de ce monstre ?

— Me préserver ? C'était me protéger que de m'abandonner en Bretagne en me laissant en proie à un mariage forcé avec un septuagénaire bedonnant [1] ?

Surpris par l'attaque, le gentilhomme sursauta :

— Pourquoi me jetez-vous à la figure ce passé que je n'ai cessé de regretter et dont j'ai voulu me racheter ? Souvenez-vous, je n'avais pas le choix, j'étais un proscrit et ne pouvais pas alors vous offrir ma protection.

— Mais vous l'avez offert à une autre ! D'après ce que l'on m'a rapporté, ce n'est qu'une fois votre maîtresse décédée que vous avez envisagé de me

---

1. Voir *L'héritier des pagans*.

retrouver et n'avez même pas eu à vous battre puisque j'étais veuve !

François mesura l'ancienneté et l'ampleur de la rancœur de sa femme et il en eut le tournis.

— Je ne peux réécrire le passé… Je croyais que vous étiez heureuse de notre mariage et de notre établissement à Mont Menat.

— Je vous ai suivi par amour, François, pourtant, là encore, c'était plus votre choix que le mien.

— Je vous trouve injuste dans vos récriminations.

— Et vous, ne l'êtes-vous pas avec votre attitude distante ?

François baissa la tête, comment nier l'évidence : il n'arrivait plus à partager une véritable intimité conjugale depuis leurs retrouvailles, le ventre de Nolwenn devenait un obstacle insurmontable malgré ses efforts. Pire, lorsqu'il la regardait, un intense sentiment d'impuissance et de colère le submergeait, érigeant entre eux un mur infranchissable.

— J'ai besoin de retrouver mon époux, François, et pas seulement un mari qui me traite comme une convalescente… Je suis enceinte de votre enfant, je ne suis pas malade.

Nolwenn se rapprocha du gentilhomme et l'embrassa. François tenta de répondre à son appel mais la réserve de son baiser ne révélait que trop son incapacité à accepter sa femme telle qu'elle était dorénavant et à surmonter le doute qu'il conservait au fond du cœur sur sa paternité. Nolwenn recula lentement, blessée au plus profond d'elle-même par ce nouveau rejet.

— Allez au diable ! Je ne doute pas que vous trouviez une friponne plus à votre convenance, ici pourquoi pas…

À ces mots, l'image de Mizgin surgit brutalement dans l'esprit de François qui rougit au souvenir du plaisir qu'il avait pris à commettre l'adultère alors que Nolwenn subissait l'enfer.

— C'est peut-être déjà le cas, insista-t-elle devant sa mine confuse et elle lui tourna le dos pour s'éloigner rapidement, s'appliquant à mettre le plus de distance entre eux.

François ressentit une tristesse infinie devant tant de gâchis, puis ce fut la rage qui le gagna et une impérieuse envie d'en découdre. Gabriela, en bonne hôtesse, avait remarqué l'aparté véhément entre les deux époux et devinait le désarroi du jeune mari. Elle espérait égailler son invité en lui annonçant l'arrivée d'une amie.

— François, venez, offrez-moi votre bras, la voiture de Ninon de Lenclos vient d'entrer dans la propriété, allons l'accueillir, voulez-vous ?

Le gentilhomme s'exécuta sans broncher. La célèbre courtisane était en train de descendre de carrosse et il s'inclina bien bas.

— Monsieur de Rohan Montauban, quel plaisir de vous voir ici ! Je serais heureuse de rencontrer votre charmante épouse.

Elle s'écarta pour laisser place à un valet qui s'empressa d'aider une seconde personne à s'extirper du véhicule.

— Je vous présente…, commença Ninon sans pouvoir terminer.

— J'ai l'infime honneur de connaître le chevalier de Rohan Montauban, dit avec un sourire carnassier Mizgin de Perse en plantant ses yeux dans ceux de François qui, littéralement hypnotisé, ne put détacher son regard de sa maîtresse, éblouissante en tenue occidentale mettant en valeur son décolleté et sa taille.

Ninon se rembrunit légèrement en assistant à la scène car, pour une fine mouche de son acabit, il était malaisé de ne pas prendre conscience du lien invisible reliant ces deux êtres qui serait difficile à dissimuler à l'infortunée Madame de Rohan Montauban. Gabriela, observant Mizgin, comprit elle aussi la situation et l'entraîna sous prétexte de rejoindre une relation commune. Ninon se fit quant à elle accompagner au bord du lac artificiel par François et le mit en garde contre la belle Persane.

— François, vous menez votre vie à votre guise et je serai la dernière à vous juger ; cependant faites très attention aux charmes vénéneux de ma camarade, elle n'est pas ici par hasard… Elle a causé la ruine de plus d'un admirateur et cela me chagrinerait que vous en soyez la victime.

Son interlocuteur s'abstint de répondre, Arnaud, Louise et Nolwenn les rejoignant pour les présentations. Ninon se montra enchantée de faire la connaissance de la cousine de Violette et Nolwenn fut heureuse de pouvoir échanger des propos avec une personne qui l'avait côtoyée et qui l'appréciait. François, silencieux, se tenait à l'écart. Arnaud, sous prétexte d'aller chercher des boissons pour ces dames, l'attira à sa suite pour s'informer du résultat de sa conversation avec son épouse. Son beau-frère se contenta de soupirer en haussant les épaules. Arnaud n'insista pas et prit deux coupes de vin de champagne imité par son camarade qui, bousculé par un assoiffé, ne put s'empêcher d'en reverser le contenu sur un aristocrate qui arbora une mine peu avenante en identifiant son arroseur.

— Encore vous, s'exclama François-Jacques d'Amboise, comte d'Aubijoux, seigneur de Castelnau de Lévis, lieutenant général en Languedoc, gouverneur de Montpellier, en dévisageant l'olibrius qui l'avait bousculé chez Ninon de Lenclos.

D'un naturel plutôt affable, il s'offusqua des piètres excuses renouvelées de l'énergumène jugé par trop antipathique et ce fut Arnaud qui calma le jeu. D'Aubijoux, agacé, s'en ouvrit plus tard à Ninon qui tenta de le convaincre que François de Rohan Montauban était un gentilhomme de qualité simplement en proie aux affres de la vie conjugale.

— Ma bonne amie, je crois que c'est plutôt son infortunée épouse que je plaindrais à votre place, conclut-il en jetant un regard plein de compassion à Nolwenn que sa complice venait de désigner discrètement du menton, décidé à aller la saluer et à l'égayer un peu.

Tout le reste de la soirée, François prit garde d'éviter le comte et, suivant les conseils de Ninon, ignora Mizgin, mais la fière courtisane ne l'entendait pas de cette oreille et profita du feu d'artifices donné en soirée pour approcher tel un grand fauve de sa proie.

— Alors, chuchota-t-elle à François, se servant de la pénombre pour se coller à lui, on me fuit ?

— Madame, je suis accompagné et vous comprendrez…

— Oh, pauvre petit mari à la dévotion si bourgeoise pour sa tendre moitié qui porte haut les couleurs de son amour à ce que je vois, se moqua-t-elle en faisant un geste goguenard pour imiter le ventre déjà rebondi de Nolwenn. J'ai appris la terrible épreuve qu'a traversée votre compagne. Quelle générosité de les accueillir avec tant de simplicité, elle et son bâtard. Sait-elle au moins lequel de ses geôliers l'a engrossée ?

À peine le dernier mot lâché, elle s'enfuit vers une des allées du jardin, quittant la terrasse où tous étaient regroupés. François, hors de lui, la rattrapa à quelques mètres de là, lui tordant violemment le poignet, l'obligeant à faire volte-face.

— Vous avez de la chance d'être une femme sinon vous paieriez de votre vie vos insultes. Ne répétez jamais ce que vous venez d'oser proférer…

— Dans le cas contraire, que me ferez-vous, dites-moi… je sens que je vais adorer, souffla-t-elle en haussant le ton.

François, craignant qu'on ne les remarque, l'attira sans ménagement vers un bosquet et la plaqua contre une haie.

— Ne vous avisez plus de parler ainsi de mon épouse et tenez-vous loin d'elle !

— Excellent, fit Mizgin en battant des mains d'un air narquois. Vous avez pleinement joué les époux protecteurs et je suis contrite de vous avoir blessé. Maintenant assez de simagrées et passons aux choses sérieuses, sinon pourquoi m'auriez-vous suivie jusqu'ici, si ce n'est parce que votre épouse vous dégoûte ?

Levant le bras, François la gifla à toute volée en ordonnant d'une voix détimbrée par la colère :

— Taisez-vous !

Mizgin releva la tête et le fixa.

— Encore, susurra-t-elle de sa voix légèrement éraillée.

François fit un effort surhumain pour ne pas lui donner satisfaction et recula d'un pas. L'exotique créature s'avança, vrillant ses yeux aux siens.

— Pourquoi refuser ce que je vous offre de bon cœur et dont vous avez tellement envie ?

Elle prit la main qui l'avait frappée et la plaça sur sa poitrine en collant son bassin contre celui du gentilhomme. Durant une fraction de seconde, François crut qu'il allait réussir à échapper à son emprise, cependant la violence de son désir fut plus forte que tout et il se mit à la pétrir de ses mains avides mordant et martyrisant sa chair offerte.

— Viens, gémit-elle en s'allongeant à l'abri du bosquet, l'entraînant de tout son poids en relevant ses jupons, murmurant des encouragements dans sa langue natale aux sonorités inhabituelles où un prénom, Safi, revenait en boucle.

Il abdiqua alors tout contrôle et se perdit en elle en l'écrasant, souhaitant que chaque coup de butoir l'ensevelisse sous terre tout en ressentant une jouissance profonde, animale, insatiable à lui faire subir ses douloureux assauts, se déchaînant sur elle comme si elle n'était plus qu'un objet de stupre. Lorsqu'il eut terminé, il se releva en titubant puis se rajusta, subitement dégrisé en constatant avec dégoût l'état dans lequel il avait mis sa partenaire. Il s'était comporté en soudard et Mizgin en portait les traces. Le plaisir pris ne supporta pas la comparaison avec le sentiment de déchéance et de culpabilité qui l'envahit avec la certitude que, s'il continuait ainsi, il lui faudrait aller chaque fois plus loin pour ressentir cette volupté sadique à posséder l'autre sans limites. L'Orientale semblait avoir besoin de revivre inlassablement cette violence que

François soupçonnait être liée au frère brutal, le shah Safi Ier, dont elle avait parlé. Pas lui. Il était temps de mettre fin à ce processus destructeur. Il aida Mizgin à se relever et à réajuster sa toilette sans échanger une parole. Cette dernière prit son temps, satisfaite d'avoir éveillé chez son partenaire la part la plus trouble de sa sexualité et de l'avoir propulsé dans son univers où la souffrance conditionnait l'orgasme.

— Tu m'appartiens, triompha-t-elle.

— Détrompez-vous… j'ai apaisé pour la dernière fois cette soif malsaine que j'avais de vous.

Mizgin, croyant son ascendant confirmé, tomba de haut car elle comprit au ton employé qu'il ne mentait pas. Furieuse, elle le souffleta mais il ne réagit pas. Elle avait perdu toute son emprise.

— Alors retournez vers votre insipide épouse, vous n'êtes qu'un faible, cracha-t-elle.

— J'aime ma femme, Mizgin, elle est ma force, elle révèle ce que j'ai de meilleur en moi loin de vos joutes mortifères qui nous transforment en bêtes lubriques… Il vaut mieux que nous en restions là. Laissez-nous en paix. Adieu, Madame.

Sur ce, il l'abandonna et revint en direction de la terrasse où le bouquet final ravissait l'assistance.

— Où étiez-vous ? dit benoîtement Louise.

— Je discutais avec notre hôte, la rassura François.

Nolwenn ne dit rien, se contentant de le toiser froidement en inspectant sa tenue. François tenta de ne pas ciller. Le spectacle s'acheva et des domestiques apportèrent des flambeaux pour éclairer la loggia. À cet instant, Mizgin fit son apparition, le visage meurtri, l'œil noir rempli de colère. En passant devant le clan des Rohan Montauban, elle marqua un imperceptible arrêt devant François et jeta un regard fielleux à Nolwenn avant de disparaître à l'intérieur du château.

— Quelle étrange créature ! ne put s'empêcher de s'exclamer Louise, étonnée par sa drôle d'allure. On dirait qu'elle a chuté dans les ronces. Vous la connaissez, François ? demanda-t-elle.

— Nous l'avons croisée lors de notre enquête, intervint Arnaud, volant au secours de son beau-frère. Elle nous a permis d'approcher Gondi.

Nolwenn ne pipa mot et fit semblant de s'intéresser à la conversation de Ninon et du comte d'Aubijoux à sa droite. Un laquais arriva pour annoncer que le souper était servi. Arnaud empoigna François et le tira à l'écart.

— À quoi joues-tu ?

— Laisse-moi ! s'énerva François en se dégageant brutalement.

Il était furieux contre lui-même, contre Arnaud qui l'empêchait de se venger de Condé, contre tous et se dirigea vers les écuries à la recherche de l'apaisement qu'il trouvait toujours au contact des animaux. Il remarqua une ombre qui suivait la sienne. Nicolas de Lagne le rejoignit et demanda s'il pouvait l'aider en quoi que ce soit.

— Je vous remercie, je n'ai besoin de rien, juste de reprendre mes esprits.

— Je sais les heures sombres que vous avez traversées à cause de ce scélérat de Condé. Je déteste cet énergumène, sachez-le ; c'est pourquoi vous pouvez compter sur moi et sur mes hommes si jamais l'envie de l'affronter vous prenait.

Les deux aristocrates entamèrent une longue discussion avant de rejoindre les autres convives. Gabriela les époustoufla d'un concert de clavecin accompagnée par Ninon au luth, puis les membres de la bonne société prirent congé, rejoignant leurs voitures respectives. Le trajet pour regagner l'hôtel Bessières fut pénible, Arnaud et Louise essayant en vain d'entretenir un ton badin contrastant avec la mine morose de Nolwenn et le silence de François. Gervais à leur arrivée se dépêcha de les accueillir puis tous allèrent se coucher. François ne fut pas surpris que Nolwenn veuille dormir seule, ce qu'elle faisait de plus en plus souvent, arguant de la fragilité de son sommeil de femme enceinte. Il accepta de bon gré, résolu à avoir une véritable conversation avec elle, après une bonne nuit de repos, pour la convaincre de la nécessité de sauver leur couple et de l'amour qu'il lui portait.

Le lendemain matin, il attendit une heure décente pour frapper à sa porte mais personne ne répondit. Il se décida à entrer dans leur chambre et constata qu'elle était inoccupée. Mu par une impulsion subite, il ouvrit les armoires et penderies : vides. Il appela Louise. Sa sœur apparut aussitôt se tordant les mains avec Arnaud en renfort.

— Je suis désolée, François, tellement désolée…

Le jeune homme, désemparé, la fixait sans comprendre.

— Nolwenn est apparemment partie cette nuit peu après notre retour, intervint son époux. Le portier l'a vue monter dans une voiture inconnue. Je ne sais que te dire, mon garçon…

François eut la sensation que la terre s'ouvrait sous ses pieds. L'angoisse qui s'abattit sur lui menaçait de le briser, aussi son esprit pour sa propre sauvegarde la transforma en colère. N'écoutant pas les paroles de réconfort de sa sœur et d'Arnaud qui tentaient de le retenir, il fila aux écuries seller son cheval, déterminé à régler ses comptes. Sa souffrance devait trouver un exutoire s'il ne voulait pas devenir fou. Condé devait payer pour tout le mal qu'il avait fait et peu lui importaient les consignes royales.

15

5 juillet 1651

Entre le numéro 9 et le numéro 15 de la rue Condé se trouvait l'entrée principale de l'hôtel particulier éponyme du premier prince de sang et de son clan, vastes bâtiments formant un triangle centrés autour d'un magnifique jardin à la française s'étendant de Vaugirard jusque devant le palais du Luxembourg. Les caprices du destin avaient voulu qu'il eût appartenu à Gondi père qui, ruiné, fut contraint par décret royal de s'en séparer, après en avoir fait une somptueuse résidence, au profit du père du vainqueur de Rocroi : Henri de Bourbon, qui sut admirablement poursuivre son embellissement. La demeure n'était que richesse déployée à volonté, lieu des rendez-vous de la fine fleur de l'aristocratie, connaissant une effervescence perpétuelle mêlant fêtes, joutes oratoires, récitals, pièces de théâtre, bals… menée par l'une des femmes la plus extraordinaire de son époque : Anne Geneviève de Bourbon-Condé, duchesse de Longueville, dont le chevalier servant attitré était son propre frère : Louis II de Bourbon-Condé.

Ce jour-là pourtant nul mot d'esprit, éclats de rires ou propos de comploteurs ne résonnaient dans ce quartier général de la Fronde. Tout était d'un calme inaccoutumé en ces murs, et les valets en livrée s'étonnaient que leur maître vive ainsi reclus. C'est que Louis affichait depuis quelque temps une morosité voire une mélancolie durable inhabituelle chez cet homme en proie constante aux sautes d'humeur et aux besoins de jouir des plaisirs de la vie avec voracité.

Réfugié dans l'une des plus belles bibliothèques de l'hôtel, il avait demandé à ce que l'on ne le dérange pas, s'étant juste assuré que sa garde personnelle constituée de nombreux soldats aguerris et valeureux maintînt une surveillance étroite autour de la résidence.

L'illustre guerrier aux multiples batailles qui n'avait même pas trente ans ressentait un besoin viscéral de se retrouver seul pour réfléchir. Il venait d'apprendre par l'un de ses espions qu'au Palais-Royal on complotait : ses ennemis poussaient la reine à se débarrasser de lui allant jusqu'à envisager de le faire assassiner. Sa morgue, son caractère emporté, son mépris et son arrogance effrayaient la régente et créaient le vide autour de sa personne. Sa propre sœur lui reprochait de ne pas avoir saisi l'opportunité offerte par Gaston d'Orléans de déposer Anne d'Autriche et de s'emparer du trône en repoussant la majorité du roi à ses dix-huit ans, voire aux calendes grecques. Son pire détracteur avait l'oreille de la souveraine : ce Gondi aux pamphlets injurieux qui dressait l'opinion contre lui multipliant les entretiens secrets nocturnes avec Sa Majesté, soutenu par Madame de Chevreuse, pour la convaincre de le faire exécuter. Dire que ce nain avait eu l'outrecuidance de vouloir faire épouser à son frère Conti sa propre maîtresse dans l'unique objectif d'obtenir le cardinalat en étendant son influence dans la maison Condé ! Il était loin le temps où il devait accepter les mésalliances... Le prince sentait sa colère redoubler d'intensité au souvenir de son propre mariage forcé avec Claire Clémence de Maillé-Brézé, nièce de Richelieu qu'il n'a jamais aimé, lui préférant sa passion de jeunesse la belle Marthe de Vigean. Décidément, sa vie n'était qu'échecs et coups du sort comme le constat amer que la cour s'alliait dorénavant à la vieille Fronde pour l'abattre. Cela le révulsait.

Jusqu'alors le prince ne redoutait que d'être de nouveau incarcéré, ce qui expliquait qu'au mépris de l'étiquette il ne se rendait plus au palais pour rendre hommage à la reine. Il savait à présent que ses adversaires projetaient purement et simplement son élimination, rumeur confirmée par Hugues de Lionne, secrétaire d'État de la régente, que le procédé répugnait.

Condé a un triste sourire en imaginant la reine consulter ses confesseurs pour savoir si elle peut songer sans craindre le châtiment divin de donner l'ordre de l'expédier *ad patres* pour être enfin en mesure de rappeler son favori, cet abominable et exécré gredin Sicilien.

Son agent est formel : seul le marquis de Senterre le déconseille, tous les autres semblent souhaiter sa mort. Lui qui a plusieurs fois sauvé le trône de France, offrant une protection indéfectible à la régente, et qui porte dans sa chair les traces de sa bravoure se voit donc ainsi récompensé... Il a reçu le coup de grâce deux jours auparavant avec une révélation incroyable : le marquis d'Hocquincourt, qu'il croyait son ami, s'était proposé de l'enlever durant son sommeil pour le livrer au bourreau.

Le prince ressent une terrible injustice. Grand guerrier, fin stratège, charismatique et brillant, il n'a hélas pas l'once d'une intelligence émotionnelle qui lui permettrait de comprendre que son sentiment écrasant de supériorité, son insupportable arrogance, son mépris de ses semblables et de leurs sentiments, son caractère emporté et lunatique, en un mot son autisme affectif, l'ont brouillé avec tous ses alliés et sont la cause de sa perte, provoquant l'animosité d'une suzeraine qui envisage désormais de le supprimer pour s'en préserver.

Pourtant les choses sont simples : il est l'homme le plus apte à diriger la nation, seul rempart contre la canaille à robe pourpre qui saigne le royaume à blanc pour placer sa parentèle et remplir d'or volé en quantité astronomique ses palais vénitiens en profitant de la faiblesse d'une femme et de la minorité du roi. Il ne conçoit tout simplement pas qu'on puisse penser différemment. Comment admettre qu'on veuille le détruire après tant de bons et loyaux services rendus à sa patrie, lui, le pair de France aux victoires éclatantes. Pis que tout, voilà qu'on s'attaque à sa sœur adorée en tentant de la salir d'abominable façon et de le faire chanter à travers elle. Ses adversaires sont vraisemblablement prêts à commettre toutes les bassesses. Un instant le guerrier se demande si la mort n'aurait pas dû le faucher sur un champ de bataille à l'instar de tant de ses anciens compagnons d'armes.

Il émerge brutalement de ses idées noires en constatant avec rage que, malgré ses consignes, un inconscient se risque à forcer le seuil de son sanctuaire et, se levant, se retrouve nez à nez avec l'être le plus cher à son cœur : sa sœur.

Le prince possède une séduction réelle : son tempérament et ses grands yeux bleus transportent ces dames malgré son nez busqué et sa grande bouche à la dentition chaotique. Anne Geneviève est à l'inverse l'incarnation de la beauté de ce siècle, délicat tanagra blond au regard azur, dotée d'un bel esprit malheureusement gâché comme son frère par un orgueil incommensurable et un égocentrisme effrayant doublé d'une possessivité extrême à l'égard de ses frères, partageant avec l'aîné une relation passionnée et charnelle qu'elle considère au-dessus de l'entendement des simples mortels.

— Vous êtes encore là à ressasser vos aigreurs, attaque-t-elle d'emblée, seule audacieuse à se hasarder à l'apostropher de la sorte.

— Que ne me laissez-vous en paix, femme ! réplique le prince et, d'un mouvement d'humeur, il renverse le guéridon où il vient de reposer le traité de Spinoza qu'il tentait de lire avant d'être interrompu.

Nullement impressionnée, Anne Geneviève s'approche vivement jusqu'à le toucher, et le toise avec dédain.

— Quand vous aurez fini vos enfantillages, vous agirez peut-être en homme !

Louis blêmit sous l'insulte et la saisit à la gorge. Elle, impassible, met ses mains sur les siennes pour en accentuer la pression et lentement, penchant son buste en avant, dépose un baiser sur ses lèvres. Son frère sait ne pas pouvoir dominer une adversaire de sa trempe et, doucement, desserre son étreinte. Anne Geneviève l'oblige à se rasseoir et se tient derrière lui en massant ses tempes. Son ton se fait caressant :

— Vous avez une armée et derrière vous la Guyenne et la Provence ainsi que la Normandie… Que ne prenez-vous le pouvoir ? Les Espagnols sont prêts à vous soutenir et vos ennemis ne reculent devant rien pour vous détruire, pourquoi maintenir cette fidélité au trône qui n'a maintenant plus de sens et que nul n'exige de vous ?

— L'honneur, Anne Geneviève… Sans honneur un homme n'est rien.

— Vos adversaires en ont-ils, de l'honneur ? La régente, dont nos espions nous ont confirmé la conduite ignominieuse, n'attend que de voir déclarer son fils majeur pour pouvoir rappeler le scélérat dont elle est amourachée. Supporterez-vous de voir à nouveau cet infâme coquin à la tête du pays, ce pourceau qui vous a emprisonné, vous a humilié, multipliant les chausse-trapes et les fausses promesses alors que vous avez perpétuellement servi votre roi avec droiture ?… Vos opposants ne reculent devant rien pour vous avilir et Monsieur, cette mauviette inconstante, ne lèvera pas le petit doigt pour les arrêter. Croyez-vous que je ne sache pas que vous avez dû intervenir pour les faire taire lorsqu'ils s'en sont pris à moi ? Je n'ignore point ce que je vous dois et ne demande qu'une faveur : me mettre au service de votre destin, celui de diriger la France et de porter haut les couleurs de notre maison ! Partons dans une de nos provinces préparer l'offensive, ici nous ne sommes plus à l'abri.

Condé parut ébranlé par tant de conviction. Semblant conforter les propos de sa sœur, le capitaine de sa garde fit à son tour irruption dans la pièce.

— Monseigneur, une compagnie d'hommes à cheval prennent position autour de l'hôtel.

Anne Geneviève sentit les baleines d'osier de son corset s'enfoncer douloureusement dans sa chair en tentant de reprendre sa respiration. Louis réagit immédiatement en guerrier et fit face :

— Combien sont-ils et de quel armement disposent-ils ?

— Difficile à dire mais ils bloquent les accès de la demeure.

— Armez-vous, nous allons les recevoir comme il se doit. Anne Geneviève, regagnez vos appartements et n'ayez crainte, je m'en vais leur faire mordre la poussière !

Son aînée sentit ses sens s'enflammer et baisa sa bouche avec avidité avant de le laisser s'échapper. Sans attendre, le prince partit rejoindre ses soldats devant l'entrée principale, presque heureux de se battre.

À l'extérieur, un énergumène à cheval l'appelait à grands cris, le sommant de se montrer. Louis ne se déroba pas et fit ouvrir la porte par ses gardes.

— Qui ose troubler ainsi la quiétude de mon logis ? rugit-il en avançant d'un pas énergique vers le cavalier tout en faisant un geste de la main pour empêcher ses soldats de le suivre.

— Celui à qui vous allez rendre des comptes, rétorqua François de Rohan Montauban venu le provoquer en duel, escorté par les hommes du comte de Lagne.

Le prince toisa avec fureur l'impudent dont ses espions lui avaient appris qu'il avait osé héberger cette traînée de courtisane détentrice des lettres compromettant sa sœur qu'il aurait aimé étrangler de ses mains. Ses informateurs avaient suivi François jusqu'au repaire de Mazarin, puis l'avaient observé se rendre chez Mizgin, l'empoisonneuse, avant de le voir sortir de chez Gondi, assurant qu'il était toujours en possession des odieux écrits. Voilà donc que la reine utilisait cet insignifiant personnage pour venir le provoquer et ce en plein jour au vu et au su de tous.

— Vous ériger contre moi, c'est signer votre arrêt de mort, de Rohan Montauban, je n'ai été que trop clément envers vous !

François sentit sa colère se décupler. Ce démon qui avait saccagé son existence considérait encore qu'il avait été trop miséricordieux ! En se remémorant l'état de Nolwenn à son arrivée à l'hôtel Bessières, en se souvenant des morts que ce prince bouffi d'orgueil avait semé sur son passage, il sauta à bas de son alezan la rage au cœur, arme au poing.

Au même instant, des partisans de Condé prirent l'escadron du comte à revers. Les premiers bruits des lames entrechoquées commençaient à peine à retentir que dans un fracas de sabots un groupe de cavaliers fit irruption dans la grande rue. Une partie se positionna entre les deux belligérants forçant Condé à se replier dans sa demeure tandis que le reste de la troupe encerclait De Lagne obligeant François à reculer pour aller lui prêter main-forte.

Arnaud de Saldagne, à la tête du détachement royal, intima l'ordre aux compagnons du comte, de battre en retraite, au nom de Son Altesse, et les fidèles de Condé cessèrent les hostilités faute de combattants, regagnant peu à peu l'intérieur de l'hôtel particulier. Le baron se dirigea alors vers son beau-frère.

— Que cherches-tu, à te faire mettre aux fers ? Ton attitude est stupide et ne fera pas revenir ton épouse, lui signifia-t-il sèchement.

François prit subitement conscience de la gravité de son acte. Il s'était monté la tête avec le mari de Gabriela et n'avait pu résister à l'envie de défier l'individu qui cristallisait son courroux sans tenir compte des conséquences pour sa famille d'une désobéissance si flagrante aux ordres royaux. Nicolas de Lagne ne paraissait pas très fier non plus. Lorsque le chevalier s'était annoncé à son domicile quelques jours auparavant, il avait été séduit par sa proposition d'affronter Condé face à face et sa haine du prince l'avait aveuglé, l'amenant à soutenir cette entreprise insensée. Gabriela allait l'écharper en l'apprenant.

— Comte, l'interpella Arnaud, j'aurais cru qu'un homme de votre expérience aurait su calmer les ardeurs imbéciles d'un jeune chien fou au lieu de lui fournir les moyens de les concrétiser. Regagnez votre château sur l'heure, vous êtes désormais *persona non grata* dans la capitale.

L'aristocrate, qui détestait Condé pour avoir tué par amusement l'un de ses mignons en duel, ne broncha pas, conscient de sa chance de s'en sortir à si bon compte.

— Quant à toi, signifia Arnaud à François, tu es assigné à résidence à l'hôtel Bessières. Sache que c'est uniquement grâce à Madame de Motteville que tu n'encoures pas pire sanction. Ma tante s'est donné beaucoup de mal pour t'éviter l'ire de notre suzeraine.

Plus bas il ajouta :

— As-tu seulement envisagé l'embarras dans lequel tu plonges notre famille ? Ton père ferait une attaque s'il l'apprenait.

François baissa la tête. Son interlocuteur murmura :

— Tu l'auras, ta revanche, je te le promets, mais pas ici, pas maintenant. Suis-moi.

Le gentilhomme, une fois l'adrénaline retombée, comprit qu'il n'avait pas d'autre choix que d'obéir.

D'une des fenêtres du bâtiment principal, Anne Geneviève de Bourbon-Condé contemplait la scène avec satisfaction. L'incident allait servir ses projets, elle en était certaine, connaissant son frère, et elle s'en réjouissait. Son contentement fut à son comble en l'entendant donner des ordres pour que l'on prépare immédiatement son départ de Paris pour rallier au plus vite son château de Saint-Maur. Enfin, le prince se décidait à partir, présage de la Fronde condéenne que la duchesse appelait de ses vœux, tout comme la ratification d'une alliance avec le souverain espagnol.

16

23 août 1651

Jean-Baptiste Poquelin, héritier d'une vénérable lignée de tapissiers du roi, aurait dû voir l'aboutissement de sa carrière dans l'opportunité de préparer le lit de son monarque au pied tandis que le premier valet de chambre le ferait à la tête, mais il en avait décidé autrement en devenant comédien, puis directeur de troupe, plus connu sous le pseudonyme de Molière. Le saltimbanque de vingt-neuf ans, protégé du tout-puissant comte d'Aubijoux en Languedoc, était l'hôte d'une de ses propriétés proche de Paris où l'artiste était revenu au printemps à la demande de son père pour régler des affaires familiales.

Assis dans le cabinet de travail attenant à sa chambre, il observait de sa fenêtre les méandres de la Seine projeter leurs courbes harmonieuses au bout de la propriété tout en rédigeant un courrier à l'attention de Madeleine Béjart. Son ancienne maîtresse à la crinière rousse avec laquelle il demeurait très lié était restée dans le Midi avec les artistes de sa compagnie et il les aurait normalement déjà rattrapés en Dauphiné si une fluxion de poitrine ne l'avait obligé à se soigner et à se reposer avant de reprendre la route.

Ma belle amie,

La santé me revient et je peux enfin vous écrire sans être épuisé à chaque ligne tracée. Cette lettre sera la dernière car je quitte à la fin de la semaine la retraite où notre généreux mécène a eu la bonté de m'accueillir pour vous rejoindre.

Comme je vous l'ai déjà raconté, les retrouvailles avec mon père se sont mieux déroulées que je ne l'espérais. Ah ma mie, si vous saviez le poids qui m'est enlevé depuis ! Quelle générosité chez cet homme dont je me réjouis d'être le fils… Après de si longues années sans nous voir, il a su oublier sa déception à mon encontre pour ne conserver dans son cœur qu'un attachement profond malgré son regret du choix de vie qui est le mien. Il est allé jusqu'à régler certaines quittances datant de la ruine de l'Illustre Théâtre craignant sans doute mon retour en prison pour dettes dans le cas contraire. Il s'est montré inquiet de connaître nos conditions de vie et j'ai sciemment dépeint une vie de cocagne pour le rassurer. Pouvais-je avouer, ayant brisé ses rêves et tout quitté pour mener une existence de vagabond, la dureté des routes, la faim, le froid, la difficulté à trouver un protecteur à la hauteur de nos aspirations depuis la disparition du duc d'Épernon, la concurrence impitoyable avec les autres troupes et l'adversité permanente dans laquelle nous nous débattons…

Le doute m'assaille parfois de manière si violente qu'il m'est difficile de le chasser, fort heureusement, mon amie, je vous revois bientôt et, à votre habitude, vous saurez disperser mes idées noires.

Dans mon dernier courrier, j'évoquais mon bonheur à flâner le long des rues du vieux Paris et mon émotion devant le théâtre du Marais où je vous aperçus pour la première fois. J'ai retrouvé avec un serrement au cœur les piloris des Halles face à la maison de mon enfance où de pauvres bougres sont toujours exposés sous les quolibets de la foule. J'ai traversé la Seine et mes pas m'ont ramené vers le collège de Clermont où j'ai tant de bons souvenirs surtout ceux des tragédies que nous montions avec mes camarades sous la férule dure mais juste de nos professeurs jésuites. Cependant l'endroit qui m'a le plus rendu nostalgique c'est, vous l'aurez deviné, le Pont-Neuf avec ses théâtres de tréteaux en plein air que nous arpentions, mon grand-père Cressé et moi, juché sur ses épaules, avant d'aller dans sa loge de l'hôtel de Bourgogne voir des spectacles dramatiques où rien ne me ravissait plus que les intermèdes de Bruscambille, ce génie de la farce. Que de bonheurs passés…

À propos de farce, je crois que la fiction ne pourra jamais égaler les rebondissements de la Fronde. La reine a voulu calmer un Condé furieux, abreuvant les parlements de diatribes féroces contre la cour, en renvoyant les conseillers Servien, Le Tellier et de Lionne désignés par Mazarin ainsi que Chavigny et ce en pure perte.

On m'a raconté que notre jeune roi hait le prince depuis un incident survenu fin juillet au Cours-la-Reine où Condé a dépassé son suzerain en ordonnant au cocher de son carrosse d'accélérer au lieu de s'arrêter pour le saluer. Cela et le reste ont poussé la régente, soutenue par Gaston d'Orléans, à l'accuser de rébellion devant le parlement et Condé exige désormais la tenue d'un procès. Dernier rebondissement qui serait à mourir de rire s'il n'était si affligeant : le coadjuteur s'est permis avant-hier au parlement de s'opposer en égal à ce prince de sang et figurez-vous que cela lui a valu d'être étranglé entre les portes du parquet des huissiers par La Rochefoucault, menacé de se voir transpercer le postérieur par les lames de ses hommes de main, pour finir sauvé in extremis par Champlâtreux, le fils du président Molé, tout cela pour une question de cérémonial non respecté : ne nage-t-on pas en pleine commedia dell' arte ?

Jean-Baptiste se rendit compte qu'il ne restait plus de quoi terminer sa lettre dans son encrier. Cela valait mieux car sinon il n'aurait pu s'empêcher d'évoquer la brunette qui l'avait rejoint quelques semaines auparavant dans la demeure du comte d'Aubijoux qui l'y hébergeait pour la soustraire au joug d'un mari décrit comme un être brutal et insupportable. Nolwenn avait été d'une agréable compagnie pendant sa convalescence et le dramaturge n'était pas insensible à ses charmes malgré son état de grossesse avancé. C'était plus fort que lui, il ne pouvait résister à la beauté de la gent féminine et les liaisons s'enchaînaient sous l'œil acerbe de Madeleine. Pourtant, cette fois-ci, il savait que la belle était inatteignable, emmurée dans son chagrin d'amour, triste d'avoir quitté un époux qu'elle aimait profondément malgré tout et qui allait commettre, d'après le comédien, une erreur en voulant accoucher loin du futur père, décidée ensuite à rejoindre sa sœur fraîchement veuve en Bretagne pour un avenir incertain. Molière devinait qu'entre les deux amants l'orgueil était aussi intense que la passion. Lorsqu'un valet annonça qu'un gentilhomme demandait à être reçu, il ressentit une joie sincère à l'idée que ce pouvait être le mari repenti : il ne se trompait pas. À la mine du chevalier de Rohan Montauban, il constata que l'individu qui se tenait devant lui, paré de tous les défauts de la création, semblait surtout très amoureux et désireux d'arranger les choses, très loin du portrait de parfait malotru dressé par d'Aubijoux, et il s'en félicita.

— Monsieur, commença François, je vous prie de m'excuser pour m'imposer ainsi sans y avoir été invité mais je sais que mon épouse loge ici et je voudrais pouvoir lui parler pour éclaircir un certain… malentendu.

— Chevalier, je ne suis pas chez moi et n'ai donc aucune interdiction à formuler, surtout si vous êtes pétri de bonnes intentions envers une jeune personne que j'ai appris à apprécier et qui aurait grand besoin d'un compagnon aimant à ses côtés.

François parut soulagé d'entendre ces paroles car, depuis le billet de Ninon révélant la participation du comte d'Aubijoux à la disparition de Nolwenn, ce qui lui avait valu une réprimande musclée de la part de la courtisane, il s'était mis en route vers l'adresse indiquée, craignant plus que tout une rebuffade. Molière, convaincu de la sincérité du visiteur, partit en personne chercher Nolwenn.

— Madame, répétait-il le long des couloirs, écoutez au moins ce qu'il a à vous dire, je pense que vous y gagnerez.

Puis il se retira discrètement, un sourire aux lèvres - étant de ceux qui croient que l'amour triomphe toujours - pour aller hâter les préparatifs de son prochain départ.

François, à la vue de sa femme, tressaillit imperceptiblement : le ventre de Nolwenn était impressionnant et il ne put s'empêcher de le fixer. Sa compagne le remarqua et se raidit. En deux enjambées François la rejoignit et prit sa main dans les siennes.

— Je suis très heureux de voir que vous et l'enfant vous portez bien, très heureux…

Nolwenn fut surprise de cette entrée en matière car elle craignait un peu la colère de son époux, aussi déclara-t-elle, soulagée :

— Ma sage-femme affirme que le bébé s'est déjà retourné et que l'accouchement devrait être imminent.

— C'est bien, dit François en se mordant les lèvres.

Il avait préparé tout un laïus durant le trajet depuis l'hôtel Bessières ; seulement, devant sa conjointe, il ne retrouvait plus ses mots. Nolwenn vola à son secours en proposant de s'asseoir dans le kiosque du jardin où elle avait pris l'habitude de se réfugier pour échapper à la chaleur oppressante de ce mois d'août. Les deux époux admirèrent en silence les berges de la Seine, chacun attendant que l'autre prenne la parole. Nolwenn se lança la première :

— Je suis contente que vous soyez venu jusqu'ici et regrette d'avoir disparu ainsi sans un mot d'explication… Quand le comte d'Aubijoux m'a offert l'hospitalité de sa maison de campagne à la réception des de Lagne, cela m'a paru une bonne idée. J'ai agi sottement en ne vous en informant pas, j'en suis désolée… Cependant, les raisons de mon départ m'apparaissent fondées car j'ai le sentiment que ma grossesse n'est pas la bienvenue pour vous… À vrai dire, certains de nos différends me paraissent inconciliables, aussi serait il peut-être plus sage que j'aille après la naissance rejoindre ma sœur en Bretagne. Son odieux mari vient de décéder d'une mauvaise chute de cheval et elle serait heureuse de m'accueillir.

François pâlit en se forçant à conserver son calme pour pouvoir discuter à cœur ouvert sans mouvement d'humeur propice aux malentendus.

— Nolwenn, vous commettriez là à mon sens une terrible méprise. Tout d'abord, j'avoue avoir mal réagi à l'annonce de votre état… J'ai été surpris mais surtout effrayé. Je ne vous ai jamais parlé de Sylvaine, la jeune femme que j'ai rencontrée à mon arrivée à Paris… J'éprouvais pour elle un véritable attachement. C'est le jour de sa mort que j'ai su qu'elle attendait un enfant de moi…

— Je l'ignorais… Pourquoi ne m'avez-vous pas confié cet épisode de votre vie ? Ce que je sais, je l'ai entendu de la bouche des domestiques.

— Cela m'était pénible d'y songer et j'avais peur de vous blesser en évoquant cette relation… À ce moment là j'estimais sincèrement n'avoir rien à vous offrir. Sylvaine était une fille libre qui ne me demandait aucun engagement, ce que je ne pouvais donner à l'époque. Sa mort m'a anéanti. Dans mon esprit, votre grossesse a ravivé cet événement douloureux et j'ai eu peur de vous perdre, de revivre à nouveau ce cauchemar…

— Avouez que vous n'êtes revenu vers moi que parce qu'elle est morte.

François la regarda intensément avant de déclarer :

— Il est difficile de réécrire le passé… Ce qui est certain c'est que je me serais préoccupé de votre sort quoi qu'il soit arrivé et ne vous aurais sûrement pas abandonnée. N'oubliez pas que, lorsque je suis venu vous chercher, je vous ai proposé de vivre librement en vous fournissant les moyens de le faire… ou de m'épouser. Je vous ai laissé le choix. J'agis pareillement aujourd'hui.

— Je vous l'accorde… J'ai besoin d'être rassurée sur un point : pouvez-vous me regarder en face et m'affirmer que vous êtes convaincu être le père de ce bébé ?

— Il est vrai que je me suis posé la question… De toute manière, même si cet enfant n'était pas le mien, il est le vôtre et cela me suffirait à l'aimer… Mais je vous connais, si vous aviez des raisons d'en douter vous me les auriez confiées avec la franchise qui vous caractérise. Je sais, Nolwenn, que cet enfant est le nôtre…

— Heureuse de vous l'entendre dire. J'ai autre chose sur le cœur… Durant mon incarcération, n'avez-vous pas entretenu une liaison ?

— Une erreur que je regrette profondément et qui ne mérite pas d'affecter notre relation. J'étais fragilisé et j'ai cédé à la facilité… Cela ne se reproduira plus.

— Naturellement, je suis censée m'en accommoder à l'instar de mes congénères. En somme, vous me proposez de continuer comme si de rien n'était, lança-t-elle, ironique. Si ce sont là vos arguments pour me convaincre de reprendre la vie commune…

François se leva et prit son visage entre ses mains en lui déclarant :

— Il m'en reste un…

Et il l'embrassa avec fougue, mettant dans ce baiser ce que les mots ne pouvaient exprimer. Puis il planta ses yeux dans les siens et enchaîna :

— Nolwenn, je t'aime, tu es mon premier amour… Tu ne comprends donc pas que sans toi j'ai froid dans mon âme, dans mon corps, que j'ai besoin de toi, de sentir ton regard, ta douce chaleur. Reviens-moi… Quand je t'observe, je vois notre Bretagne, la mer, je me souviens de toi enfant, puis adolescente, intrépide et espiègle, je nous imagine ensemble accueillant cet enfant et ceux à venir… Nous ne partageons pas que des souvenirs radieux, toutefois certains sont si précieux… et il peut y en avoir tant d'autres…

Constatant qu'il la serrait trop vigoureusement, il se maîtrisa, relâcha son étreinte et se rassit, se contentant de se tenir épaule contre épaule pour continuer :

— Mon attitude passée vous a blessée et je m'en excuse. Donnez-nous une chance d'être heureux. Je crois qu'au fond de votre cœur vous savez qu'à deux nous pouvons l'être et que nous saurons ensemble franchir tous les obstacles. Vous êtes la compagne que j'ai toujours rêvé d'avoir à mes côtés, la mère de mon enfant…

Nolwenn constata que François était extrêmement ému et réalisa qu'il venait de lui ouvrir son cœur avec sincérité, se livrant sans réserves. D'un coup son ressentiment et ses doutes furent balayés :

elle avait envie de suivre cet homme. Elle prit ses mains et les posa sur son ventre.

— Notre bambin réagit à votre voix, déclara-t-elle en riant devant l'air stupéfait de son mari sentant sous ses doigts les coups de pied vigoureux de l'enfant à naître.

— Quelle force, ce doit être un garçon !

— Ou peut-être une fille dotée du caractère bien trempé de sa maman !

— Ce ne serait pas pour me déplaire…

Les deux époux éclatèrent de rire de concert.

— Vous n'avez pas mal quand il cogne de cette façon ?

— Non, ne vous tourmentez pas. Madame Pintard, ma sage-femme, m'a donné un remède souverain à tous désagréments : un jaune d'œuf dilué dans un bon verre de vin !

Ils sourirent, complices, à l'affût des mouvements du bébé. Subitement Nolwenn se contracta.

— Qu'y a-t-il ? s'inquiéta François.

— Je ne sais pas si c'est l'émotion… je viens de ressentir une douleur intense. Je ferais mieux d'aller m'allonger un peu.

Ils n'avaient pas regagné la demeure qu'un élancement violent survint de nouveau figeant la jeune femme sur place tandis qu'un liquide chaud lui mouillait les jambes.

— François, il vaut mieux aller chercher la sage-femme. Elle habite dans la petite maison à la sortie du bourg, demandez, on vous renseignera… Nous allons vite savoir si votre enfant est une fille ou un garçon.

Son mari mit une longue minute à comprendre ce qu'elle venait de dire et appela les domestiques à pleins poumons avant de filer à bride abattue chercher l'accoucheuse. Madame Pintard, à son arrivée en trombe devant chez elle, devina immédiatement la raison.

— Calmez-vous mon seigneur, votre épouse, c'est son premier on a tout le temps. Vous allez voir, y va pas sortir à la minute votre poupard !

Cela n'empêcha pas l'impatient de jucher la matrone sur son cheval et de retourner auprès de Nolwenn aussi vite que possible. Il fut un peu décontenancé quand la sage-femme le chassa de la chambre où l'on avait installé Nolwenn, lui enjoignant de ne remontrer le bout de son nez qu'uniquement au moment où elle l'appellerait. Molière, averti par un valet, se mit donc à faire la conversation pour tenir compagnie au gentilhomme angoissé qui, du salon, captait avec inquiétude les hurlements sporadiques de son épouse.

— Allez, madame, lançait la matrone en encourageant sa patiente, c'est le premier, c'est dur mais il va sortir, ne vous en faites pas.

Assise sur une chaise, jambes écartées, maintenues par deux solides servantes, Nolwenn commençait à douter d'y arriver sans y laisser la vie tellement elle avait la sensation qu'on déchirait ses entrailles de l'intérieur. La douleur insoutenable montait crescendo avant de disparaître subitement, la laissant hagarde et parfois somnolente entre deux pics avant de reprendre de plus belle, lui donnant l'impression qu'à chaque contraction on enfonçait dans son ventre un poignard chauffé à blanc.

Au rez-de-chaussée, François n'en pouvait plus. S'il continuait d'écouter sa femme hurler de la sorte, il allait devenir fou. Un cri inhumain retentit soudain et Molière dut l'empêcher de se précipiter à l'étage.

— Mon ami, vous ne serez d'aucune utilité là-haut. Laissez les femmes faire leur travail. S'il y avait un souci on viendrait vous voir.

François se laissa convaincre, néanmoins il continuait de tressaillir au rythme des plaintes de son épouse. Dans la chambre, les femmes s'activaient telles des abeilles autour de leur reine. Elles empêchaient Nolwenn de ruer pour que la sage-femme puisse délicatement dégager une épaule du nouveau-né en tirant doucement la tête qui apparaissait enfin. La parturiente en sueur n'entendait ni ne voyait plus rien, uniquement concentrée sur l'effort qu'il fallait fournir alors qu'elle était exténuée, presque incapable de pousser.

Après une courte accalmie, les cris reprirent de plus belle, bientôt suivis de vagissements vigoureux produisant une cacophonie joyeuse qui fit se lever Molière pour serrer la main de François. Il ne comprit que c'était réellement fini qu'avec l'apparition de Madame Pintard dans l'embrasure de la porte.

— Venez, vous pouvez monter. Elle conduisit le père vers la chambre de l'accouchée en chuchotant :

— Surtout ne la réveillez pas, la pauvrette est épuisée. Ne vous inquiétez pas, ça a été dur mais elle s'en remettra. Je reviendrai plus tard changer ses compresses et vérifier que ça va.

François pénétra dans la pièce comme dans une église. Nolwenn, très pâle, dormait d'un sommeil profond, paisible, sa longue chevelure noire étalée sur l'oreiller. Jamais il ne l'avait trouvée aussi belle qu'en cet instant. Au pied du lit, dans un berceau, couchés tête-bêche, deux bébés faisaient de même en émettant de drôles de petits bruits.

— Ah ça, pour sûr, des jumeaux pour une première fois, c'est pas rien... Vous pouvez être content : un gars et une fillette d'un seul coup, elle a bien travaillé, votre Dame.

Complètement sens dessus dessous, François ne parvenait pas à détacher son regard des nouveau-nés avec l'incrédulité de ceux qui assistent à un miracle.

— Vous en faites pas, elle a pu les nourrir donc on est tranquille pour pas mal de temps... Va tout de même falloir trouver une nourrice costaude pour ces deux-là. Je vous le dis parce qu'ils payent pas de mine pourtant ce sont des gloutons ! chuchota la brave accoucheuse toujours émerveillée malgré ses quinze ans de pratique.

François essuya les larmes qui lui montaient aux yeux et alla déposer un léger baiser sur le front de sa femme avant de s'asseoir près du berceau pour admirer, bouleversé, les deux petits êtres sous le regard attendri des domestiques et de Molière qui en profita pour s'éclipser discrètement laissant le couple à son intimité, heureux de les savoir réconciliés.

17

Fin septembre 1651

Ninon de Lenclos, invitée pour le déjeuner à l'hôtel Bessières, n'en finissait pas d'admirer les nouveau-nés qu'on venait de lui présenter une fois le dessert terminé, tous deux adorables avec leur ravissant bonnet de dentelle. Le premier, un garçon prénommé Philippe, semblait déjà doté d'un caractère affirmé et passait difficilement inaperçu avec sa chevelure noire, inattendue chez un bébé aussi jeune. La seconde, Charlotte, plus discrète au premier abord, exquise poupée potelée aux joues roses et au duvet doré savait vous ravir par sa réactivité lorsqu'on la berçait entre deux tétées et les efforts titanesques qu'elle menait pour soulever sa minuscule tête vers vous. Les jumeaux étaient magnifiques, en bonne santé : un vrai don du ciel et il suffisait d'observer leurs parents pour contempler l'image même de la félicité conjugale. Nolwenn et François s'étaient retrouvés et le bonheur d'avoir une descendance aussi pétulante symbolisant la force de leur amour et de leur engagement mutuel représentaient pour eux le signe de l'approbation divine, le ciment du renouveau de leur couple. Philippe, lové dans les bras maternels, se mit subitement à pousser des vagissements vigoureux bientôt accompagné par sa sœur sous l'œil ravi de leur mère qui s'empressa d'appeler leur nourrice, une solide Normande à la poitrine généreuse propre à satisfaire l'appétit des petits gloutons. Elle prit les deux bambins avec douceur, alla s'asseoir au fond du grand salon, à l'écart, et l'on n'entendit bientôt plus que les soupirs de satisfaction des deux affamés.

— Quelle vitalité ! dit Ninon émerveillée.

— Ils sont insatiables, s'esclaffa Nolwenn. Heureusement que nous avons trouvé Jeanne car je suis incapable de les rassasier à moi seule.

— Vous auriez souhaité les allaiter ? demanda la courtisane, surprise.

— Je conserve la tétée du soir, avoua la jeune mère timidement. Cela vous étonnera peut-être, pourtant je n'échangerai ce moment pour rien au monde.

Ninon se contenta de hocher la tête pensant intérieurement qu'on voyait rarement une telle lubie chez les dames bien nées.

— Comme je te comprends, intervint Louise avec chaleur, ils sont si beaux, on a envie de tout leur donner.

Nolwenn sourit à sa belle-sœur, appui précieux depuis leur retour à l'hôtel Bessières, qui avait su se rendre indispensable en parvenant à respecter l'intimité des jeunes parents et en jouant parfaitement son rôle de tante heureuse de pouvoir aimer ces enfants avec l'espoir d'être un jour en mesure d'en serrer un bien à elle.

Ninon sortit à ce moment-là les superbes tasses en argent massif qu'elle avait fait graver aux prénoms des poupons et les offrit à Nolwenn, provoquant à nouveau une cascade d'exclamations et de rires sous l'œil amusé de ces messieurs assis un peu plus loin.

François regardait sa femme épanouie et resplendissante en savourant son bonheur : depuis la naissance des jumeaux, ses doutes s'étaient évaporés et il éprouvait pour eux un attachement viscéral, puissant, qui l'étonnait parfois tout en le remplissant de fierté. Paradoxalement, le fait de devenir père l'avait rassuré sur son identité et il se sentait dorénavant pleinement Chevalier de Rohan Montauban, chef de famille et prêt à en assumer les responsabilités. Au souvenir de la joie d'Henri, son père, quand il avait vu pour la première fois ses petits-enfants, ses yeux s'embuèrent. Le vieillard avait pleuré de joie devant cette promesse éclatante de la continuité de sa lignée et ordonnait depuis à Gervais, dès son réveil, de le conduire à la nursery pour admirer les bébés dormir. François et Louise savaient sa fin imminente mais c'était un grand-père heureux qui s'en irait et cela les aidait à accepter sa disparition prochaine.

— François, vous posez une question sans en écouter la réponse, nota avec amusement Belfond en tirant joyeusement sur sa pipe devant l'embarras du gentilhomme.

— Que voulez-vous, professeur, la politique ne peut rivaliser avec nos deux merveilles, renchérit Arnaud qui donna une vigoureuse tape dans le dos à son beau-frère, ce qui fit sourire Malo, plutôt silencieux en présence de ses aînés, habitué à écouter attentivement leurs discussions concernant les affaires publiques.

— Je vous prie de m'excuser, veuillez reprendre, je vous suis à présent avec attention.

Leur conversation tournait autour du devenir de Mazarin et de son éventuel retour suite à l'avènement au trône du jeune Louis XIV. Le sept septembre dernier, celui-ci avait en effet été déclaré majeur au Parlement devant l'assemblée au grand complet où seul le prince de Condé brillait par son absence, ayant préféré faire porter par son frère Conti un courrier à son suzerain qui l'avait, sans même y jeter un regard, confié avec dédain à Villeroy signifiant par ce geste l'irrévocabilité de leur antagonisme. Dans son habit de soie surchargé de broderies dorées au point qu'on ne pouvait plus en deviner la couleur initiale, monté sur un barbe isabelle couvert pour la circonstance d'une housse parsemée de croix du Saint-Esprit et de fleurs de lys dont il maîtrisait à la perfection le tempérament fougueux, Louis avait traversé la haie d'honneur formée par ses gardes depuis le Palais-Royal. Sous les vivats d'une foule en délire amassée jusque sur les toits pour acclamer son monarque de treize ans, subjuguée par sa prestance, sa beauté, ravie de le voir chapeau virevoltant à la main pour saluer ses sujets. L'adolescent avait précédé toute la noblesse de France parée de ses plus beaux atours, suivi de près par le carrosse d'Anne d'Autriche assise en compagnie de son puîné et de Gaston d'Orléans. Son heure était enfin venue : il était désormais investi de l'intégralité de l'autorité royale et comptait bien en user.

— Je disais, reprit avec bonhomie Belfond, que le cardinal ne tardera certainement pas à fouler le pavé parisien. La déclaration du cinq septembre confirmant son bannissement définitif n'était qu'un leurre destiné à empêcher le prince de troubler la cérémonie pareillement à l'amnistie qu'on lui a accordé. Le roi et sa mère auront besoin de ce fidèle conseiller pour mater Condé.

À l'énoncé de ce nom honni, le visage de François se contracta. Sa rancune restait tenace malgré le départ de son ennemi. Le rebelle s'était éclipsé avant la proclamation de la majorité du dauphin pour rallier Bourges en dépit de la tentative du duc d'Orléans pour le retenir, tentative brouillonne à son image, ayant échoué suite à une erreur sur le lieu de rendez-vous.

— Cet énergumène ne reculera décidément devant rien… Notre royaume, déjà affaibli, va plonger par sa faute en pleine guerre civile, jeta-t-il avec hargne. Et notre roi est bien jeune pour réussir à le contrer.

— Certes, mais notre suzerain est d'une trempe d'acier, et s'il accepte la réapparition de Mazarin à ses côtés, ce ne sera que pour pouvoir abattre cet adversaire de taille, répondit Arnaud.

— S'il accepte… Vous en doutez ? demanda le professeur.

— S'il avait le choix, jamais il ne rappellerait un mentor qui, revenu au pouvoir, gouvernera à sa place. Cependant, il a l'intelligence de reconnaître qu'il ne pourra gagner sans son appui… Je préférerais voir Mazarin aux commandes pour traverser ce nouveau conflit. Les Espagnols sont à l'affût, seul un homme d'expérience de son acabit pourra nous éviter le pire… Et puis, le comportement de notre jeune roi, je l'avoue, m'inquiète parfois, conclut Arnaud en baissant la voix. Son impétuosité a besoin d'être modérée.

Le baron de Saldagne énonçait pour la première fois ses craintes. Depuis le lit de justice officialisant la majorité du roi, il avait vu le changement d'attitude de Louis et sa volonté d'écraser tous ceux qui ne lui manifestaient pas une déférence absolue, n'hésitant pas à faire fouetter son frère pour une peccadille ou à congédier une suivante pour une révérence pas assez prompte à son goût. Arnaud percevait les tendances tyranniques du monarque sous son apparence juvénile et il préférait voir revenir à la tête du conseil l'illustre prélat au tempérament mesuré dont le savoir-faire permettrait de trouver les compromis souhaitables pour le royaume.

— Le cardinal l'apaisera, assura Belfond. Il sera bientôt de nouveau aux manettes de l'État, j'en suis convaincu. On dit qu'il lève des troupes aux frontières pour rejoindre en force Paris et prouver aux Espagnols que la partie va être rude s'ils veulent attiser le conflit.

— Il craint nos ennemis extérieurs et surtout un retour des barricades…, commença Arnaud.

— Enfin les frondeurs n'oseraient quand même plus s'en prendre au roi, l'interrompit François.

— Ne crois pas cela, reprit son beau-frère, le danger est réel et il est hors de question que Leurs Altesses redeviennent prisonnières de leur propre demeure comme ce fut le cas en début d'année. Mazarin a raison : plus vite Leurs Majestés quitteront Paris, mieux cela vaudra. Que Gaston d'Orléans et le coadjuteur tiennent la capitale en son absence cela l'indiffère. À ce propos, je dois rejoindre le palais pour superviser les préparatifs. Dans deux jours la cour part s'installer à Fontainebleau puis nous irons débusquer Condé. Je sais que cela t'aurait plu, camarade, dit-il en se levant avec un petit sourire contrit à l'intention de François.

Le gentilhomme avait promis à Nolwenn de ne plus affronter le rebelle et il respecterait ce serment quoi qu'il advienne. Il contempla avec un brin d'envie Arnaud faire ses adieux à ces dames avant de les quitter.

Ninon se rendit compte que le temps en aussi bonne compagnie avait filé sans qu'elle y prenne garde, aussi annonça-t-elle à son tour qu'elle devait les laisser. Auparavant, elle dit à son valet d'aller chercher la malle appartenant à Violette qui était restée chez elle et qui contenait toujours plusieurs effets personnels de la défunte.

— Nolwenn, vous êtes à ma connaissance la seule parente de votre cousine, c'est pourquoi je vous confie ses biens, je suis persuadée qu'elle aurait approuvé ce geste.

— Je vous en remercie vivement, dit la jeune femme, très émue.

La courtisane prit congé, heureuse d'avoir fait ce qu'il fallait. Nolwenn demanda à Louise si cela ne la gênait pas qu'elle se retire pour regarder seule les objets confiés.

— Bien sûr que non et ne vous inquiétez pas, je m'occupe des enfants avec Jeanne. Prenez votre temps.

Nolwenn la remercia, consciente de la chance d'avoir une belle-sœur aimante et chaleureuse quisavait apporter son soutien sans jamais l'imposer. Elle fit un signe discret à son époux puis monta dans leur chambre. Belfond proposa à François une partie d'échecs qu'il déclina, préférant se rendre aux écuries où une jument devait mettre bas, à la grande joie de Malo qui put prendre sa place, le garçon adorant ce jeu de stratégie auquel Belfond excellait en réussissant parfois l'exploit de le battre.

C'est dans une stalle que Gervais, parti à la recherche de son maître, le trouva occupé à frictionner le frêle poulain qui venait de naître, content d'avoir assisté à l'événement et aussi ému que son palefrenier d'observer l'animal se redresser pour effectuer quelques pas maladroits.

— Qu'y a-t-il, Gervais ?

— Un individu à l'office demande après Monsieur, il dit que c'est très important.

— Et à quoi ressemble-t-il, je te prie ?

— À un gueux, Monsieur. Il insiste lourdement et dit qu'il ne veut parler qu'à vous.

— Bon, je vais voir de quoi il retourne, ne t'en fais pas. Mon père est réveillé ?

— Il somnole. Madame Louise m'a dit de ne le réveiller que pour le souper.

— Très bien, fais ce qu'elle demande. Mon épouse est toujours dans ses appartements ?

— Oui, maître, et le jeune Malo dispute une revanche avec le professeur.

— Parfait, accompagne-moi, nous allons de ce pas recevoir ce mystérieux visiteur.

François arriva devant le personnage à l'aspect dépenaillé qui l'attendait et s'enquit du but de sa venue tout en se lavant les mains dans les cuisines.

— Je ne dois délivrer mon message qu'au seigneur François de Rohan Montauban.

— Tu l'as devant toi, parle, je t'écoute.

L'homme s'approcha et murmura de brèves paroles sous l'œil rempli de curiosité des domestiques de l'office. François se raidit et leur ordonna de sortir, seul Gervais put rester.

— Répète ce que tu viens de me dire, ordonna-t-il.

— On m'a payé pour aller à l'hôtel Bessières et demander après vous pour vous avertir que si vous voulez régler vos comptes avec le Crochu, vous le trouverez cet après-midi au hameau de la Pierre fendue, peu après la porte d'Orléans dans l'ancienne maison du meunier.

— Qui t'a révélé cela ?

— Un jeune garçon, y m'a donné un écu et m'a assuré qu'ici j'aurais à manger pour ma peine.

— Assieds-toi, on va te donner de la soupe et du pain. À quoi ressemblait-il, ce garçon ?

— Jeune, maigre, noir de cheveux et de peau.

François fit une moue dubitative : la description ne lui évoquait rien, pas plus que cette étrange commission. Condé avait fui Paris et le Crochu avait tout intérêt à disparaître également. Un piège se disait-il, peut-être, mais dans quel but ? Cela n'avait aucun sens.

Le messager profita de sa réflexion pour boire le bouillon servi par Gervais aussi vite qu'il le pouvait tout en enfournant d'énormes morceaux de la miche mise à sa disposition.

— Il m'a dit de rajouter autre chose pour vous décider.

— Eh bien vas-y, je suis curieux de l'entendre.

— C'était une bizarrerie comme quoi si vous ne veniez pas, la Marie, elle vous enverrait l'Ankou…

François se figea littéralement sur place et pâlit comme s'il venait de voir un spectre. Enfant, en Bretagne, sa mère adoptive, Marie, le menaçait d'appeler l'Ankou, être surnaturel qui parcourait les routes à la recherche d'âmes égarées, lorsqu'il commettait une bêtise ou ne respectait pas ses consignes. Cela impressionnait aussi fortement Malo qui redoutait plus que tout de croiser l'envoyé de la mort et ils se hâtaient d'obéir. Qui pouvait donc bien connaître ce détail de sa jeunesse ?

Il eut beau bombarder l'autre de questions, le vagabond n'avait pas de réponse. Songeur, il ordonna à Gervais de n'en souffler mot à quiconque et de vaquer à ses occupations avant de regagner les écuries. Aucune personne désirant lui nuire n'aurait pu être informée de cette anecdote. De plus, Condé était loin et avait autre chose à faire que de se préoccuper de lui. Il regretta qu'Arnaud ne soit pas disponible pour l'accompagner mais tant pis, le besoin impérieux d'apprendre la vérité le poussait irrésistiblement à se rendre à l'adresse indiquée, seul s'il le fallait. S'il en parlait à Nolwenn, elle le dissuaderait et le temps d'attendre le retour d'Arnaud il serait trop tard. Subitement, il prit sa décision. Il ordonna au palefrenier d'enlever ses vêtements et les enfila puis alla seller une vieille jument qui ne payait pas de mine et c'est ainsi déguisé qu'il partit, déterminé à découvrir le fin mot de l'histoire, convaincu qu'on ne le reconnaîtrait pas sous pareil accoutrement, demandant à un valet de prévenir la maisonnée qu'il partait pour une promenade à cheval et qu'il serait de retour pour le souper.

Dans la belle demeure personne ne prit immédiatement conscience de son départ : Belfond concentré sur ses pièces tentait de mettre échec et mat un Malo se défendant fort bien tandis que Louise pouponnait, permettant à Jeanne de se reposer pendant qu'à l'étage Nolwenn examinait avec émotion chaque affaire de Violette. Après avoir trouvé un nécessaire à coiffure, des livres et des bijoux sans grande valeur, elle avait étalé sur son lit les toilettes restant dans la malle, imaginant sa cousine dedans. L'une d'entre elles avec ses couleurs chatoyantes retint son attention et elle la serra contre son cœur en pensant à la défunte. Elle fut étonnée de ressentir une légère piqûre quand elle la pressa contre son visage à la recherche d'un effluve de parfum et constata que quelque chose avait été cousu dans la doublure. Précautionneusement elle en défit les fils avec des ciseaux à couture pour finir par dégager un carnet écorné dont Violette avait noirci les pages d'une écriture saccadée. Elle se mit à en parcourir le contenu, happée par les mots qui dansaient devant ses yeux. Subitement elle porta une main à sa bouche pour réprimer le cri d'horreur et de colère qui l'envahit en comprenant ce qui y était décrit. Elle se précipita au rez-de-chaussée pour en faire part à François. Elle fit irruption en brandissant le calepin dans le grand salon sous le regard stupéfait des joueurs d'échecs.

— Où est François ? Il faut que je lui parle immédiatement !

Attirée par le bruit de sa cavalcade dans l'escalier, Louise quitta la nursery et les rejoignit.

— Gervais m'a dit qu'il est allé faire une balade à cheval. Ne vous alarmez pas il rentre tout à l'heure. Que se passe-t-il ? Vous paraissez bouleversée…

Incapable de trouver ses mots, Nolwenn se contenta de donner le carnet au professeur en lui enjoignant de le lire à haute voix. Belfond s'exécuta, légèrement inquiet, sentiment qui s'accrut au fil de sa lecture et qui les figea tous au fur et à mesure que le calepin livrait ses secrets. Gervais, qui suivait sa maîtresse, s'arrêta interdit à l'entrée de la pièce et déglutit avec difficulté en entendant la fin. Nolwenn était dans un tel état de nerfs que Louise l'entraîna à l'étage pour tenter de l'apaiser. Le valet attendit que les deux jeunes femmes soient parties pour fondre sur le professeur.

— Monsieur, il faut absolument prévenir le baron de Saldagne, je crains que mon maître ne coure un grand danger.

Et il raconta la visite du mendiant et l'étrange message qu'il avait délivré. Malo réagissant au quart de tour s'empara du carnet et fonça à l'écurie seller un cheval pour filer ventre à terre au palais chercher Arnaud. Belfond, resté seul avec Gervais, s'arrachait nerveusement les poils de la moustache.

— Seigneur, je vous en supplie, sauvez-le, il n'a pas idée du danger qui le guette… Nous avons été manipulés par un être diabolique. Mon Dieu, nous lui avons servi la victoire sur un plateau, soupira-t-il, accablé.

Le domestique, plongé dans le même état d'abattement que son interlocuteur, ne remarqua même pas Perceval qui, angoissé par la tension régnant dans la pièce, sollicitait une caresse.

18

Fin septembre 1651
(suite)

François avait trouvé sans difficulté le hameau de la Pierre fendue et l'ancienne maison du meunier dotée d'un vestige de moulin, à l'écart des autres masures. Il était passé devant et seule une légère fumée s'échappant du toit révélait une présence à l'intérieur. Il avait continué son chemin jusqu'à repérer un estaminet ne payant pas de mine où les gens du coin se rassemblaient après une dure journée de labeur. En plein milieu de l'après-midi, il n'y traînait pas grand monde et François en profita pour discuter avec le tavernier. Après avoir copieusement insulté Mazarin et ri de l'exilé, les deux hommes parlèrent de tout et de rien, le chevalier laissant le patron poser ses questions en se contentant d'y répondre.

— Et qu'est-ce que vous venez donc faire de par chez nous ?

— Je suis palefrenier chez un aristo de la porte d'Orléans, le marquis de la Tréyère. Ma mère y était également chambrière mais elle vieillit et notre maître lui a donné de quoi s'acheter un petit lopin de terre. Elle veut quitter Paris et sa puanteur cependant elle voudrait rester proche de son fils. Alors me voilà sur les routes à visiter les patelins avoisinants pour chercher une maison à acheter. Vous qui connaissez le coin, y aurait-il un bien à vendre dans les parages ?

Le cafetier énonça deux ou trois possibilités.

— Je vous remercie pour les renseignements. C'est dommage qu'il n'y ait rien au hameau que je viens de traverser, ce n'est pas loin et cela doit être dans nos moyens.

— À acheter y a point moyen. Par contre, à louer si vous voulez. Le Gros Jean il est aussi domestique à Paris, il a pas voulu être meunier comme son père… Il possède la vieille maison à la sortie du bourg. Cette année y a eu des occupants, des gars d'un rupin de la haute qui logeait là lorsqu'il était dans la capitale à ce qu'on m'a dit. Ils sont partis, il n'y en a plus qu'un avec une vieille bique qui sert de servante mais ils vont s'en aller eux aussi. Si cela vous intéresse, je peux lui toucher deux mots de votre mère.

— Je vais en parler avec elle d'abord. On pensait acheter plutôt que louer. Faut voir. Je vous souhaite le bonsoir.

François était ravi des informations recueillies et surtout persuadé que l'unique occupant restant devait être le Crochu, les autres sbires de Condé ayant certainement suivi leur maître. Il se força à calmer l'excitation qui le gagnait à l'idée de pouvoir capturer le responsable de la mise à sac de Mont Menat et des meurtres odieux qui avaient suivi. Il se mit en faction devant le vieux moulin, attachant son cheval dans le sous-bois voisin et, allongé au sol, invisible depuis la route et de la bâtisse, il attendit. Il n'eut pas le temps de s'ankyloser que l'exécrable individu fit son apparition pour aller se soulager au fond du jardin. François observa avec attention ses mains et reconnut les serres décrites par Nolwenn formées par de profondes brûlures marquant ses extrémités, les transformant en pinces boursouflées. Le Crochu était là, à sa portée, et ce n'était pas la vieille domestique qui sortait à son tour puiser de l'eau qui poserait problème. L'envie viscérale d'affronter le tortionnaire de sa femme fut plus forte que le reste. Une fois l'homme rentré, il s'approcha sans bruit de la servante, la bâillonna puis lia ses pieds et ses mains avant de l'allonger près de sa monture. Il retourna rapidement à la maison et en ouvrit la porte avec précaution. Le Crochu était occupé à alimenter le feu dans l'âtre et lui tournait le dos. Ni une ni deux François sortit son épée puis décocha un vigoureux coup de pied dans l'arrière-train de la brute qui l'envoya valser sur le sol en terre battue. Le soudard se releva d'un bond et le chargea comme un taureau furieux. François l'évita de justesse et le laissa s'écraser contre le mur. Un peu sonné, le Crochu se redressa péniblement et resta un instant immobile à observer son adversaire. En découvrant son visage, il parut visiblement surpris.

— Foutre Dieu, qu'est-ce que vous fichez ici ?

François ne répondit pas, attentif à ses moindres faits et gestes.

— On te l'a rendue, ta bourgeoise, qu'est-ce que tu veux de plus ? Je crois même que je lui ai appris deux trois petites choses qui pourront te servir…

François blêmit mais se força à garder la tête froide, l'autre voulait le pousser à la faute, il ne commettrait pas cette erreur. Le Crochu avait en effet sorti un couteau dissimulé dans une de ses bottes.

— Allez, approche que je t'étripe !

Un léger bruit près de la porte attira l'attention de François et le mercenaire en profita pour balancer une chaise sur son bras armé. C'était la vieille domestique, ayant réussi à retirer ses liens aux pieds, qui venait prévenir son maître. François la repoussa à l'extérieur d'un coup d'épaule ; cependant, au moment de l'impact il ne put, déséquilibré, empêcher son épée de se ficher dans une poutrelle. Son ennemi, brandissant le poignard, lui fondit dessus sans qu'il ait le temps de dégager son arme, aussi l'affronta-t-il uniquement muni de ses poings. Il lui décocha un crochet du droit mais le Crochu parvint à l'entraîner dans sa chute et tous deux roulèrent au sol tentant l'un comme l'autre de repousser la lame. Son agresseur, lourd et massif, finit par entailler François au biceps qui, galvanisé par la douleur, trouva la force de lui mettre un coup de genou dans l'aine pour effectuer un roulé-boulé vers la cheminée, se saisissant d'une bûche gardée en réserve pour alimenter le feu, avant de se redresser pour l'asséner énergiquement sur le crâne de son adversaire. Crochu fit un pas en sa direction puis s'écroula tandis que François se laissait tomber sur une chaise, épuisé. Il regarda son bras, la blessure n'avait pas l'air trop profonde. Il ouvrit la porte et saisit la matrone qui tentait d'ôter son bâillon pour l'asseoir sans ménagement.

— Ne bouge pas sinon je t'assomme aussi, rugit le gentilhomme.

Il décida d'attacher Crochu, déterminé à l'emmener pour le confier aux sergents du guet dans le but de faire ouvrir un véritable procès qui compromettrait Condé de façon irrémédiable.

La vieille se mit à rouler des yeux terrifiés en direction de la sortie et François comprit, mais trop tard, qu'elle tentait de lui signifier quelque chose. Il tendit l'oreille : on percevait au loin le bruit de l'arrivée d'un détachement de cavaliers. Il sentit un filet glacé couler le long de sa colonne vertébrale : les complices de Crochu n'étaient pas partis à la suite de Condé comme il l'avait cru. Il lança un regard circulaire à la recherche d'une éventuelle issue, en vain, il n'y avait aucune échappatoire : il était fait comme un rat. Il alla dégager son épée prise dans le bois et se prépara à faire face arme au poing. La porte s'ouvrit, laissant le passage à une demi-douzaine d'individus, des guerriers apparemment endurcis qui s'écartèrent pour laisser le passage à un personnage à l'allure soignée portant un masque sous un large chapeau.

— Je ne m'attendais pas à vous voir ici, Chevalier. Rendez-vous, toute résistance est parfaitement inutile…

François fut tellement sidéré par le son de cette voix qu'il hésita une fraction de seconde, ce dont les mercenaires profitèrent pour le désarmer. Leur chef eut un triste sourire en retirant son loup de satin noir.

— Pourquoi n'êtes-vous pas resté auprès de votre épouse et de vos enfants ? *Hubiera sido tan facil*[1], soupira Javier de San Juan en faisant signe à

1. Cela aurait été tellement plus simple.

ses hommes d'installer François à la table en face de lui pendant qu'on allongeait le Crochu, toujours groggy, sur une paillasse au fond de la pièce.

François regardait l'Espagnol, complètement abasourdi, essayant de comprendre l'inexplicable. L'aristocrate ordonna à ses soldats de l'attacher mains dans le dos et de quitter la pièce pour l'attendre à l'extérieur, les laissant seuls avec la matrone occupée à éponger le sang du Crochu qui reprenait lentement ses esprits.

— J'estime que vous me devez une explication puisque vraisemblablement je ne sortirai pas vivant de cette masure, annonça François d'un ton froid, admettant que les dés étaient jetés.

— *Lo siento*[1]... Je ne peux en effet vous laisser divulguer à Arnaud ce que vous avez vu ici. Quant à vous fournir des éclaircissements, j'aurais mauvaise grâce à vous les refuser... Je suis un agent du duc Don Hieronimo de la Torre, secrétaire d'État de Son Altesse Felipe IV, chargé d'une mission primordiale : faire en sorte qu'un accord soit signé avec le prince de Condé pour qu'il nous apporte le soutien de son armée en Flandres...

— Et ce, à n'importe quelle condition, fût-ce la trahison de votre cousin ou au prix de la vie de la femme que vous aimiez ? osa l'interrompre François.

— Arnaud sert son roi, je fais de même. Grâce à sa position à la cour, j'ai pu m'infiltrer dans l'entourage d'Anne d'Autriche. Il aurait agi de façon semblable à ma place.

1. Je le regrette.

— Jamais Arnaud n'aurait fait tuer sa compagne pour des enjeux politiques…

— *No quise su muerte*[1] ! Je lui avais proposé de m'accompagner en Espagne. Elle a refusé lorsqu'elle a compris que je ne pourrais pas me marier avec elle… Elle s'est enfuie en emportant les lettres que j'avais mises au point pour convaincre Condé de l'existence d'un complot au plus haut niveau de l'État pour l'abattre, menaçant de révéler mes agissements si je ne l'épousais pas… Elle allait anéantir de longs mois de travail acharné pour faire basculer Condé dans notre camp. J'avais déjà rallié la duchesse de Longueville à ma proposition d'alliance, elle était prête à entraîner son frère. Malgré son emprisonnement, Condé rechignait encore à signer un traité avec nous alors j'ai eu l'idée de le persuader qu'on voulait le faire chanter et détruire sa réputation en utilisant les moyens les plus abjects et que Violette, agent double, possédait ces lettres ignominieuses ainsi que d'autres compromettant ses ennemis. Quand j'ai enfin découvert où elle s'était réfugiée, j'ai dû envoyer mes hommes la chercher. Cela ne s'est pas déroulé comme je l'escomptais. Vous connaissez la suite… Après ce fiasco, j'ai fait en sorte de vous être présenté pour contrôler que votre vendetta ne nuise pas à mon action.

— Pourquoi ne pas avoir libéré Nolwenn après avoir constaté la méprise ?

— Simplement parce que je ne me suis pas rendu compte de l'erreur commise par ce *cretino*, dit-il en se tournant vers le Crochu qui arrivait péniblement

1. Je ne voulais pas sa mort !

à s'asseoir sur sa paillasse. Le bougre croyait détenir Violette et j'avais préféré la laisser à sa garde, pour qu'elle ait le temps de réfléchir puisqu'elle ne constituait plus une menace pendant que je continuais ma mission. J'espérais que la captivité l'aurait assagie et lui aurait fait comprendre qu'elle n'avait pas d'autre choix que de me rendre les faux courriers et de m'accompagner en Espagne… Je suis sûr que j'aurais pu lui faire entendre raison. À l'annonce de sa mort et de l'échange… *fue un choque* [1] !

— À partir du moment où vous avez appris la substitution, quelle raison aviez-vous de garder mon épouse ? Et le Crochu, pourquoi croyait-il détenir Violette lorsque ses complices lui ont amené Augustin aux ruines de Vincennes ?

— *La fatalidad* [2]… Il y a eu un malheureux concours de circonstances qui aurait pu me coûter cher. Je n'avais pas prévu que le mercenaire que j'avais envoyé avertir le Crochu de son erreur serait tué dans une bagarre avant de parvenir à destination. Le jour où Augustin a déboulé aux Trois Portes avec son histoire j'ai réalisé qu'il y avait eu un loupé et j'ai cru que tout était perdu, heureusement mes hommes avaient pu récupérer votre épouse aux abords de la forteresse. C'est ici, dans le repaire de notre ami Crochu, qu'ils se sont réfugiés en attendant mes ordres.

Il s'approcha d'une trappe dissimulée au sol, ouverture donnant accès au souterrain qui avait été le dernier lieu de captivité de Nolwenn.

1. J'étais sous le choc.
2. La fatalité…

— *Este tonto*[1] a eu de la chance que, pour préserver ma couverture, je ne puisse venir en personne lui dire le fond de ma pensée concernant son inefficacité. À cause de sa balourdise, toute l'opération a bien failli échouer… Votre épouse ne m'apparaissait en premier lieu d'aucune utilité mais votre acharnement à la retrouver m'a donné l'idée de vous aiguiller vers Ninon de Lenclos dans l'espoir que vous récupériez les lettres que je recherchais en vain depuis trop longtemps. Quand les espions de Condé se sont intéressés à vous suite à votre voyage à Brühl, j'ai décidé de la garder, d'attendre un peu de voir la suite des événements. Et je ne l'ai pas regretté.

— Que voulez-vous dire ?

— Simplement que votre femme vous a transformé à votre insu en agent zélé au service de mon camp… Grâce à elle, vous n'avez pas ménagé vos efforts, remuant ciel et terre, et vous avez sans le savoir donné du poids à la version que j'ai servi au prince selon laquelle Mazarin avait décidé la reine à le salir aux yeux de tous de la plus vile manière puis de le faire éliminer, sa souveraine n'hésitant pas à s'allier également à Gondi dans cet objectif et à une courtisane vénale. Les lettres imitant les signes de la correspondance secrète d'Anne d'Autriche et de son ministre constituaient *las pruebas*[2] de mes assertions.

— Et celle remettant en cause la filiation du roi ?

— Un leurre plus spécifiquement destiné à Anne Geneviève de Bourbon toute disposée à croire cette

1. Ce sot.
2. Les preuves.

fable qui déchargeait son frère de tout devoir d'obéissance envers le trône s'il y avait un bâtard dessus. Cela fournissait au prince un prétexte de plus pour choisir la voie de la rébellion. En bonus, ses agents qui vous suivaient ont, grâce à vos agissements, confirmé mes dires prêtant à Mazarin l'objectif de récupérer ces écrits par trop compromettants. *Que ironia*[1] *!* Dès lors ma « proie » pouvait être convaincue par sa sœur que seule une alliance avec mon pays le sauverait du traquenard qu'une reine sans honneur ni vergogne fomentait en suivant les consignes du plus vil des coquins dans le but de permettre l'avènement d'un enfant naturel.

François prenait douloureusement conscience d'avoir été manipulé comme un pantin, pire, d'avoir servi à merveille les desseins de l'Ibérique.

— Et Mizgin de Perse, pourquoi me l'avoir fait rencontrer, quel était son rôle dans toute cette mascarade ?

— Elle devait vous aiguiller vers Gondi pour gagner du temps car Condé n'était toujours pas certain qu'on voulait sa perte. Je devais le rencontrer avant que vous ne l'approchiez, vous gardant en réserve pour finir de le faire adhérer à la théorie du complot. Ses espions ont rapporté votre visite chez elle et je l'ai persuadé qu'elle avait concocté un poison puissant qu'elle vous avait remis et qui lui était destiné, prétendant que vous projetiez de le provoquer en duel *con una hoja envenenada*[2].

1. Quelle ironie !
2. Avec une lame empoisonnée.

— Vous n'avez relâché Nolwenn que pour me faire croire à la culpabilité de Condé en vous arrangeant pour qu'elle entende le Crochu mentionner le nom du prince, comprit alors François, amer.

— Je comptais bien que vous alliez le provoquer, ce que vous auriez immédiatement fait si mon cousin ne vous en avait empêché à mon grand regret. L'intervention de Mizgin chez le comte de Lagne avait pour but de raviver les tensions avec votre épouse révélées par une domestique de l'hôtel Bessières. J'espérais qu'ainsi, poussé à bout, vous désobéiriez à Arnaud. Là, j'avoue que vous avez dépassé mes espérances lorsque vous avez foncé à l'hôtel Condé début juillet en menaçant le prince. Lui qui avait refusé de vous faire assassiner, préférant vous affronter en duel malgré la drogue censée imprégner votre rapière, a vraiment cru que vous aviez reçu l'ordre de l'empoisonner par la reine elle-même. Grâce à cela il s'est décidé à quitter Paris et à traiter sérieusement avec nous, enfin convaincu par ma version des faits qu'il n'avait plus d'autre alternative que de prendre les armes contre votre roi. *Un éxito*[1] !

— Vous n'avez en réalité jamais quitté la capitale…

— Non, en effet. Je pars ce soir retrouver Condé à Montrond pour vérifier que Pierre Lénet a bien reçu mission de rejoindre Madrid pour le représenter à la signature du traité dont je vous ai parlé et l'escorter.

— À vous voir si calme et content de vous, il est évident que vous n'éprouvez pas l'ombre d'un

1. Un succès !

remords pour les victimes que vous laissez derrière vous.

— C'est la guerre, François... Je sers mon suzerain et suis prêt à faire le nécessaire pour réussir ma mission, tout comme Arnaud.

— N'hésitant pas à tuer un enfant innocent comme le petit Enzo

— S'il est au mauvais endroit au mauvais moment et qu'il peut m'identifier, oui, sans aucune hésitation. Les enjeux sont autrement plus importants que la vie d'un bohémien.

La vieille domestique qui aidait le Crochu à s'asseoir à l'extrémité de la table faillit tomber sous son poids. François se tourna vers elle et crut lire sur son visage une émotion fugace qui disparut tellement vite qu'il pensa avoir rêvé. Javier surprit son regard et éclata de rire.

— Cette femme est sourde et muette, Chevalier, ne vous faites pas d'illusions... Maintenant que j'ai répondu à vos questions, j'aimerais savoir comment vous avez su où nous trouver et que je serai ici ce soir pour régler ce que je devais à Crochu avant mon départ.

François fit très attention à sa réponse. Aux premières paroles échangées, il avait compris que ce n'était pas San Juan qui l'avait attiré dans sa cachette. Quelqu'un d'autre était au courant et pourrait peut-être avertir Arnaud. Il devait éviter coûte que coûte que le mystérieux adolescent mentionné par le messager soit éliminé par sa faute.

— Un des informateurs du patron des Trois Portes a rapporté avoir aperçu votre complice dans ce hameau, mentit-il avec aplomb. Je suis venu vérifier.

— *Solo* ? Vous êtes vraiment victime de votre tempérament sanguin et impatient, conclut doctement l'Espagnol. Assez parlé, je vous laisse le temps de recommander votre âme au Tout-Puissant. Et il saisit son pistolet, prêt à s'en servir.

La posture du Crochu au bout de la table suspendit son geste. Tout tassé et recroquevillé, il ne bougeait plus, tandis qu'un mince filet de sang coulait de ses lèvres. Vivement San Juan le redressa en le soulevant par les cheveux, dégageant son thorax : on lui avait planté un couteau dans le cœur. Interloqué, l'Ibérique regarda alternativement la matrone effrayée qui mit ses mains devant sa bouche puis François. Il fit des yeux le tour de la pièce, incrédule. La vieille en profita pour se positionner derrière François et il sentit qu'elle coupait ses liens. Elle n'eut pas le temps de finir que San Juan, ayant perçu son manège, l'envoya d'un soufflet percuter le mur pour la relever sans ménagement.

— Qui es-tu ?

La femme lui cracha au visage puis lui mordit sauvagement l'oreille droite. Il se dégagea en tirant une décharge qui l'atteignit en plein ventre avant que François ne se précipite sur lui ayant enfin réussi à rompre ses attaches. Les deux hommes s'empoignèrent violemment. L'Espagnol frappa durement François sur son membre blessé, l'obligeant à desserrer son étreinte, lui permettant de s'emparer d'une dague accrochée à sa ceinture. Il allait lui porter un coup fatal lorsque, subitement, il s'immobilisa, transpercé par le tisonnier tenu par la domestique qui le regarda tomber à terre avec froideur.

— Pour Enzo, cracha-t-elle.

Javier de San Juan, écroulé sur le dos, comprit que le coup était mortel. Il regarda la vieille puis François et murmura :

— *Por mi pais, por mi rey*[1]... et il s'immobilisa dans un dernier soupir.

À l'extérieur, quelqu'un tenta d'ouvrir la lourde porte en bois et s'enquit en espagnol de savoir si tout allait bien.

— Venez vite, dit la fausse sourde-muette en attrapant une chandelle. Par le souterrain nous avons une chance de leur échapper.

François la suivit et tous deux s'engouffrèrent par la trappe pour s'enfoncer dans le dédale boueux, entendant des cris s'assourdir au loin avant de déboucher dans un cul-de-sac.

— Il n'y a pas d'issue ! s'exclama François.

— Si, seulement je n'en connais pas le chemin.

— Attendons là, peut-être ne se donneront-ils pas la peine de nous débusquer ou bien penseront-ils que nous avons trouvé la sortie.

François prit enfin le temps d'observer son interlocutrice avec attention. Elle le regarda bien en face avant d'ôter une large ceinture de cuir recouverte de tissu destinée à masquer la finesse de sa silhouette et qui l'avait protégée des plombs de San Juan. Puis elle gratta la peau de son visage jusqu'à parvenir à retirer la fine pellicule de blanc d'œuf, bave de crapaud et vase qui avaient réussi à la transformer en vieux laideron. Elle s'essuya énergiquement et ses traits de jolie gitane apparurent.

— Je suis Lénora, dit-elle simplement.

1. Pour mon pays, pour mon roi...

François devina qui était l'adolescent à l'origine du mystérieux message.

— Malo croyait que vous aviez été tuée.

— Il n'était pas loin de la vérité. Mes bourreaux m'ont laissée plus morte que vive et ont cru jeter un cadavre sur le tas d'immondices où m'ont découverte les religieuses qui m'ont soignée. Après j'ai traqué le Crochu et l'ai retrouvé grâce à sa maquerelle de sœur. J'ai volé de quoi payer une famille du bourg pour qu'elle m'héberge comme leur cousine, dissimulée sous une défroque de matrone, et je me suis arrangée pour que la domestique du Crochu ait un accident au lavoir pour me proposer à sa place. Une sourde-muette, il n'a pas hésité. Je vous ai fait prévenir dès que j'ai pu, déguisée en garçon. Je n'avais que le bon à rien que vous avez vu pour vous avertir, alors j'ai choisi une formulation que vous seul pouviez comprendre en mentionnant l'Ankou dont m'avait parlé Malo. Je croyais que vous viendriez avec des hommes.

François, un peu embarrassé, finit par rire de sa propre bêtise.

— Dire que j'ai fait la leçon à Malo pour son imprudence… Je suis aussi irréfléchi que lui !

— Il va bien ?

— Très bien, il sera infiniment soulagé de vous savoir vivante… Enfin, si nous arrivons à nous extraire de ce trou à rat.

Au loin la clameur grossissait. François réalisa qu'ils allaient être découverts.

— Écoutez, nous n'avons pas une chance en restant ici. Gardez la chandelle et essayez de trouver la sortie. Je vais retourner sur nos pas et les retarder au maximum. Bonne chance ! dit-il avec émotion en serrant la gitane frissonnante dans ses bras.

Il se dirigea à l'aveugle en avançant vers les cris qu'il percevait.

— Ils doivent être par là, entendit-il soudain.

Rassemblant ses forces, il se prépara à faire face. Il fallait qu'il tienne le plus longtemps possible pour laisser une chance à l'adolescente de s'échapper. Subitement, une lueur l'aveugla et il se précipita poings en avant pour estourbir le premier adversaire. Il le cogna rudement et celui-ci tomba de tout son long. Il allait s'attaquer au second lorsqu'un cri suspendit son geste.

— François, mon grand, arrête, protesta Arnaud en se relevant avec difficulté. Tudieu, je crois bien que tu m'as cassé le nez !

Notre héros vit alors que ses assaillants n'étaient autres que son beau-frère accompagné de ses soldats et il souffla de soulagement, puis s'écria :

— Vite, il faut rattraper la petite, Lénora, elle est au fond à la recherche d'une issue !

Comme un boulet de canon, il aperçut Malo qui se précipita dans le tunnel en s'exclamant : Lénora, elle est vivante !

— Oui, va, elle est un peu plus loin…

Le jeune homme était déjà parti, hurlant à pleins poumons le prénom de sa belle.

— Comment m'avez-vous retrouvé ? demanda François.

— Malo est venu au palais avec ce carnet, dit-il en le montrant. C'est un journal intime écrit par Violette. Il révèle la duplicité de mon cousin… Gervais a pu nous indiquer où tu te rendais alors nous voici. Nous n'avons pas eu trop de mal à mettre en fuite les mercenaires espagnols quand ils ont compris que leur chef était mort. Nous avons même fait des prisonniers.

Un rugissement de triomphe leur parvint des entrailles de la terre : Malo avait trouvé Lénora.

— Bien, nous allons pouvoir rentrer ! soupira Arnaud en frottant son nez douloureux. Je t'avertis que tu vas devoir affronter nos épouses respectives, elles étaient persuadées que je ne leur ramènerai que ton cadavre. Une fois qu'elles te sauront sain et sauf, elles n'auront qu'une envie : t'étriper pour ton inconscience et je pense que le professeur se joindra à elles de bon cœur.

— Attends ! Condé, il faut absolument le prévenir…

— Ce sera fait. J'ai déjà envoyé un messager. Le temps de soigner ta blessure et mon nez et nous irons lui exposer le fond de l'histoire, jusqu'en Espagne s'il le faut ! Je t'en donne ma parole !

Épilogue

Décembre 1651

Arnaud, de retour à Paris après avoir escorté le porteur de la lettre officielle signée par Louis XIV autorisant Mazarin à franchir la frontière et à conduire ses troupes sur les bords de la Loire, dégustait un excellent armagnac assis confortablement sur un large fauteuil face à un grand feu de cheminée en compagnie de François. En cette fin d'après-midi d'hiver, la nuit tombait déjà, poussant les gens à rentrer chez eux, pourtant l'hôtel particulier des Rohan Montauban jouissait d'un calme inhabituel, les dames de la maisonnée s'étant absentées en compagnie des jumeaux et de leur nourrice.

— C'est une bonne idée que nos épouses soient allées prêter main-forte à la future Madame Belfond pour l'organisation de la cérémonie, déclara Arnaud.

— Elles ont réussi l'exploit d'engager Madame Martinière, la fameuse couturière, notre jolie mercière va être très élégante. L'ami Paul, l'ancien mousquetaire, accompagne pendant ce temps le fiancé chez son tailleur. Le brave homme est de plus en plus nerveux au fur et à mesure que la date approche, s'amusa François. Ils feront un beau couple… Je suis heureux que Louise accepte ce genre de divertissement. Ces dernières semaines ont été difficiles pour elle, pour nous tous…

— La mort de votre père, même si nous nous y attendions, a été une dure épreuve.

— C'est vrai… Cependant, mourir ainsi, dans son sommeil, après une journée en famille à contempler ses petits-enfants est une fin paisible et enviable. De nous voir tous réunis à son chevet l'a comblé. Nous portons le deuil mais nous avons eu la chance de l'accompagner dans ses derniers moments… Et toi, tu viens aussi de perdre quelqu'un… nous n'en avons jamais parlé.

Arnaud garda un instant le silence.

— Il n'y a pas grand-chose à dire au sujet de Javier. Je me suis chargé de le faire enterrer décemment et j'ai écrit à son père pour le prévenir. Je t'avoue que mes sentiments sont mêlés… je préfère oublier.

François changea immédiatement de sujet.

— Tu repars bientôt ?

— Dans quelques jours… Je regagnerai Poitiers où se trouve la cour. Le cardinal ne tardera pas à nous rejoindre. Avec Turenne à la tête des troupes royales, on peut espérer vaincre Condé.

Le baron de Saldagne vit son beau-frère se rembrunir.

— François, ne te fais aucun reproche, tu n'es pas responsable de la sédition du prince.

— Si seulement nous étions arrivés plus tôt…, dit ce dernier, songeur, repensant à l'entretien qu'ils avaient obtenu avec l'illustre rebelle début octobre pour lui révéler le « jeu de dupes » dont ils avaient tous été victimes.

Condé, replié à Bordeaux, avait consenti à les recevoir et les avait écoutés avec attention exposer la machination ourdie par l'espion de Don Hieronimo de la Torre pour le convaincre de basculer dans le camp espagnol. En apprenant la vérité il sembla triste et abattu.

— *Alea jacta est !* Dites à la reine que je ne trahis pas mon roi en m'alliant aux armées de Felipe IV, je me contente de protéger le royaume de son ministre voyou qu'elle s'obstine à vouloir replacer à la tête du royaume de France. Je remettrai mon épée au service de Leurs Majestés à la minute où ce scélérat aura disparu pour redevenir le plus humble et le plus soumis des sujets de Son Altesse royale.

Les deux gentilshommes avaient compris que Pierre Lénet était déjà sur la route de Madrid et que le traité serait ratifié. Le prince, poussé par ses proches, ne pouvait plus faire marche arrière. C'était un être amer qu'ils avaient quitté, Arnaud pour rejoindre la cour alors rassemblée à Bourges, François pour rallier la capitale.

— N'aie aucun regret, Condé a choisi son destin, nous n'y pouvions rien changer… En tous les cas, je pars rassuré. J'ai eu un peu peur pour vous en apprenant les désordres parisiens.

— Les émeutes des derniers jours semblent s'être apaisées. Malgré tout nous évitons de sortir. Je n'ai pas pu refuser à ces dames cette excursion mais elles sont sous bonne garde avec Gervais et plusieurs serviteurs armés… J'ai hâte de quitter toute cette agitation et de retrouver nos terres de Mont Menat.

— Tu as obtenu l'accord de Nolwenn ?

— Oui, elle sait que c'est ce qu'il y a de mieux pour la santé des enfants et notre sécurité. Nous emmènerons avec nous Lénora. Nolwenn apprécie énormément sa compagnie et puis ainsi, loin de la cour des miracles, la petite sera protégée.

— Loin de Malo aussi…

— C'est vrai qu'il est préférable de les tenir à distance l'un de l'autre. Si leur attachement est sincère nous réexaminerons la situation quand Malo aura intégré l'armée et obtenu un certain grade. Ils se reverront aux périodes où nous remonterons vous rendre visite ou bien durant l'un de vos séjours à Mont Menat. Je crois que Louise ne pourra pas rester longtemps éloignée de son neveu et de sa nièce.

Arnaud acquiesça en silence.

— Sais-tu qui j'ai rencontré l'autre jour, toujours très actif dans son rôle de prévôt des marchands parisiens ? enchaîna François. Notre ami Broussel. Et tu ne devineras jamais qui il a engagé comme garde du corps !

Son beau-frère secoua la tête attendant la réponse.

— Notre cher Augustin en personne. Apparemment, les deux bougres se sont expliqués et le vieux renard s'est dit qu'avec un tel colosse il ne craignait plus d'être attaqué.

Les deux gentilshommes rirent de bon cœur. Peu après, ils entendirent un carrosse franchir les grilles de la demeure et leurs épouses firent leur entrée tenant chacune un enfant dans leurs bras, pressées de leur raconter les préparatifs de la noce.

François et Arnaud contemplaient avec attendrissement leurs femmes respectives, joues rosies d'excitation, s'enthousiasmer pour cet événement d'importance, heureux de partager avec elles cet îlot de bonheur dans un univers incertain marqué par la violence, conscients de savourer une brève accalmie dans une époque troublée avec l'espoir d'un avenir plus radieux pour Charlotte et Philippe.

Ce ne sera qu'en octobre 1652, après la fuite de Condé obligé par les Parisiens d'abandonner la ville tout juste conquise, que la famille royale rejoindra enfin la capitale. En février 1653, Mazarin le fera à son tour, la Fronde s'achevant l'été suivant. Le prince rebelle ne déposera les armes pour redevenir un loyal sujet de Sa Majesté qu'après 1660, une fois l'homme à la robe pourpre décédé.

Cette époque tourmentée de notre histoire s'achève ainsi, laissant un peuple exsangue au nom d'intérêts particuliers défendus par les parlementaires, les bourgeois et les princes. Leur alliance éphémère aura un temps menacé la Couronne pour finalement échouer, forgeant par ses outrances la personnalité exceptionnelle du jeune Louis XIV, « Roi Soleil » qui illuminera et consumera à la fois ses sujets durant cinquante-quatre années d'un règne sans partage.

Pour l'éditeur, le principe est d'utiliser des papiers composés de fibres naturelles, renouvelables, recyclables et fabriquées à partir de bois issus de forêts qui adoptent un système d'aménagement durable.

En outre, l'éditeur attend de ses fournisseurs de papier qu'ils s'inscrivent dans une démarche de certification environnementale reconnue.

Composition réalisée par FACOMPO (Lisieux)

Imprimé en Espagne par LITOGRAFIA ROSÉS (Barcelone)
Édition 01
Dépôt légal : juin 2010